退屈ピカリ　つれづれノート㊸

2022年8月1日(月)
〜
2023年1月31日(火)

8月

手ぬぐいできました

8月1日（月）

夏だ。

空を見上げたら青い空に白い雲がもくもく。今年初めてこんな空を見た。

朝、畑の草を刈った。電動バリカンで。バリバリよく切れた。

午後は道の駅に行って値札を印刷する。間違えて多めに作ってしまい、失敗もした。

明日ポストカードの棚を設置する予定なので今日のうちに貼りつけよう。

昨日、根を詰める仕事中になにか飴を舐めたいと思い、家の中を探した。すると山登り用に買った黒糖とミルクの飴とココナツ味の飴があった。舐めてみたけど甘すぎる。うーん。飴といえば、好きな飴があったような…。

そうだ。谷中銀座の「後藤の飴」で買った飴だ。あんな素朴な飴を注文したい。ネットで「生姜、飴」で調べた。いくつか素朴な感じの飴があったので、いろいろ試したい私は3種類注文した。生姜、生姜と大根、生姜と蓮根。ついでに先日、カーカに送ったプロポリスキャンディーを自分用に注文する。「のど飴」で調べていたら評判がよかったので。

その飴が今日、2種、届いた。生姜と大根の飴とプロポリスキャンディー。早かったなあと思いながら箱を開ける。生姜と大根の飴は10袋詰めの箱入りだった。こんなにたくさん買う必要はなかったのに…。

そして温泉へ。

温泉のサウナで、汗をかきつつ寝ころびながらいろいろなことを考えていた。飴のことも。飴の形状や表面の様子などを思い描く。そして、ふと気づいた。

違う！　生姜じゃない。ニッキだった。ニッキ、シナモン、肉桂（にっけい）。飴のまわりにシナモンの粉がついていて…。ああ、間違えた。イメージが似ていたのだ。

悔しい。生姜の飴も嫌いじゃないと思うけど、好きなのはニッキよ！　ニッキ。

家に帰って、すぐにパソコンを開く。素朴そうなニッキの飴を2種類注文した。ひとつはまた10袋入り。それしかなかったので。今度こそニッキを！

8月2日（火）

今日も夏の空。

最後に漬けた大きな完熟梅の梅干しがそろそろ1ヵ月たつので天日干ししよう。ジップロックでお手軽に作った減塩梅干しだ。久しぶりにガラスの容器を開けてジップロックを開いたら、うん？　なんだこれ。白いものが。黒いのも。カビてる…。しばらく見ていなかったから。

どうしよう。とにかく袋から出して、カビのようなところを水で洗う。皮が柔らかいのでいくつか破れてしまった。ザルにクッキングシートを敷いて並べ、外の階段に置いた。どんな味になるか。失敗したかも。やはり減塩にしたからカビやすかったんだ。


それから道の駅へ。

あれこれ考えながら売り場をしつらえた。私が手作りした棚を設置する。軽いので強風が吹いたら飛んでいきそう。いつかちゃんとした棚を作りたいなあ。ポストカード18種類を並べた。よしよし。

レジの人や知ってる売り場の人にポストカードを配る。仕事中の水玉さんがポンポンと肩をたたいたので、水玉さんにも1枚あげた。

あとはこれから様子を見ながら完成度を高めていけばいいか。

よし。ここに私の小さな売り場が完成した！


家に帰って2階のエアコンをつける。今日、サクが帰ってくるので家を涼しくしといてあげよう。そして3時になったら空港へ迎えにいこう。

大阪発14時55分で鹿児島空港に着くのが16時5分。70分か。


きのう来た生姜と大根の飴を食べてみる。

ううむ。…好きじゃなかった。これを10袋も。

プロポリスは？　…これも、あまり。

でもこれは喉が痛い時に舐めるものらしいのでまだいい。

ニッキの飴のことも改めて考えてみたら、注文するほど好きってわけじゃない。それほどまでして食べたいってわけじゃないよな…と思った。なぜあれほど夢中になって注文したのだろう。仕事疲れだったのかもなあ。

自分から行くのでなく、出会ったものを受け取る、というふうにしようと決めたはずなのに、ついうっかり昔の癖がでてしまった。反省。

来るものを受け取ればいい。

来るべきものは来る、求めているものは来る、ということを信じればいいのだ。信じるふりでもいい。するとずいぶん楽になるはず。あんなに飴を注文しなくてもね。よし。

教訓。来るべきものは来る、求めているものは来る、来るものが必要なもの、ということを忘れないように。

たとえ小さな飴の世界でも。

空港へサクを迎えに行く。

空港に着いて、「駐車場のどこどこに停めてるから、着いたら電話して」とラインで伝えた。私は最短距離をいつも考える。

そしたらサクはちょっと遠回りして車にたどり着いた。横断歩道はふたつあり、そのどっちでくるかで大きく違うのだ。出口に近い方、と言ったのに。悔しい。ふたつある横断歩道の呼び名を決めよう。次からはすぐにわかるように。

「この近い方は何て呼ぶ？」と私は真剣。何度も聞く。

「うーん。なんでもいいよ。わかったから」と、サクは特に気にしてない。

不要な労力をできるだけ少なくしたい私は、「何にする？」としつこく繰り返すけど、サクはそれほど熱心ではない。

ふ。

まあいいか。

「出口に近い方、にするね」

どちらにしてもそれほど変わりはないか。


道中、いろいろ聞きたかったことを聞きながら帰る。

湧水町のスーパーに寄って買い物。近くのうなぎ屋でうなぎも買った。「土用の丑の日」という張り紙があり、うなぎはふたつしか残ってなかった。売り場の女性はとても疲れてる感じ。

蒸して食べるのを実験しよう。

家に帰って、干していた梅干しを家の中に入れる。

サクと畑に野菜を採りに行く。トマト、キュウリ、なす、いんげん豆。

それからサクはビデオを見て、そしていつのまにか寝ていた。

私はうなぎを蒸す準備をしたり、きゅうりをスライスしたり。

しばらくしたら起きて、堤防にジョギングしに行った。

そして帰って来て、お風呂へ。

8月2日の、夜はゆっくり過ぎていく。

8月3日（水）

いい天気。
梅干しを外に出す。
買いすぎた生姜の飴のことを思った。これから周りの人に配ろう…。
昨日のほとりで話したことでうまく話せなかったことを整理するとこうだ。
野菜作りや子育てって大変なんだろうなあ…という素朴なコメントに対して、そう
そう、と話し始めた私。
世の中には悲惨な事件をおこす人は多い。人の考え方は子供の頃の親からの育てら
れ方にとても影響される。それはあとから変えることが難しいほど深い。
なので、人を強くするためには、まずその人の子供のころの育てられ方が重要で、
それにはその子を育てる親を教育（というかなんというか）しなければならない。こ
れから母親になる女性を教育しなければ。私のつれづれノートの読者は、最初、20代
前後の女性が多かった。その人たちがこれから子供を産んで育てる時に、若い彼女た
ちに私の考え方、生きやすくなる考え方のヒント、こう考えれば大丈夫だというアイ
デアを教えなければ。そうすればその人たちが子育てをするときにそれを踏まえて育

てるだろう。そうやって育った子供たちは大丈夫。あれを持てる。あれっていうのは、芯（しん）とか、信頼とか、強さとか、言葉ではうまく表せないけど、ある、しっかりしたもの。

そういうことをその頃に意識したわけではないけど、無意識のうちに、私が世の中にできることはこういうことだなと思っていたと思う。政治家や教育者、農家、商売をする人。職業はさまざまで、それぞれに世の中を救い、変える手段を持っている。私にとってはこれだった。長い時間をかけて、人を育てる（強くする）こと。その人を育てる人を通して。そしてまたその人が育てた人もその人の子どもを育てていく…。たとえ小さなヒントでもいくらか心が軽くなればうれしい。

今を生きやすく、というのが私が作品を通してずっと伝えたいテーマ。私の本を読んだ人たちの心が、少しでも気持ちが軽くなれば私のこの人生における仕事は成功していることになる。

遅い朝ごはんの準備をしていたら、ピンポンピンポンピンポンピンポンと忙しくインターホンが鳴った。なんだろう…、こんな押し方の人は珍しい、と思いながら出ると、宮崎の方から来たというお魚屋さんだった。新鮮な鯵（あじ）とかいろいろあるから見るだけでも見てください、と言う。

ああ、でも、今日のおかずはもうある。なので「今日は出かけるので…」と断った。

少し気になったけど、急に言われてうろたえてしまった。
しばらくして、ちょっと見てみたかったなとも思った。

で、商売って難しいなあと思った。ちょっと気になったとしても、好奇心旺盛な私でも、こんなふうに一瞬の判断を迫られると、つい躊躇してしまう。次に来てくれたら見たい。でももう来ないかも。

だから断られてもあきらめずに2度も3度も行くのが大事なんだろうなあ。でも1度断られると気持ちがくじけてしまいそう。それでもあきらめずに何度も行って、数回目にやっと見てもらえて、品物がよければ買ってくれて、それを繰り返して、徐々に信頼を築き…というような長い努力が必要なのだ。どんな商売も同じだろう。いろいろ考えた。

ごはんの時にふと思いついて梅干しの食べ比べをする。今年作った梅干し4種とらっきょうをお皿に並べた。赤い梅干しは「塩辛いね」と言っていた。うん。そうだね。18パーセントで作ったから。カビの生えた減塩の方は柔らかくて食べやすかった。

サクが八代にいる友だちと晩ご飯を食べる約束をしたというので車を貸してあげた。そして3時ごろ出かけて行った。

今日の温泉、どうしよう。今日は特別暑い。考えた末、こうすることにした。

まず、行きは暑い中、歩いて行く。帰りはだれかに乗せてもらう。

4時に、荷物を下げて出発。トコトコ。堤防沿いのいつもの道。小学校の校庭では保育園の園児たちが遊んでした。トコトコトコ。中学校では野球部の練習。この炎天下にすごいなあと思いながら見た。

いつも野菜や花がきれいに手入れされて植えられている小さな菜園もゆっくりながめることができた。ツタの絡まる小屋を見上げたり、空き家の庭に1本だけスーッと生えている雑草がおもしろいなと眺めたり。

15分ほどかけて温泉に到着。

入ってみると、やけに人が少ない。ふたりしかいない。コロナと暑さのせいだろうか。

知ってる人が来るといいけど…。もし来なかったら帰りも歩きだ。

水風呂（みずぶろ）に入っていたら、水玉さんがやってきた。

やった！　と手を振る。

サウナで、「お願いがあるの」と切り出すと、「なに？」といぶかしげな顔。

「実は今日、歩いてきたの。子供に車を貸したから。なので帰りに乗せてくれない？」

「いいよ」

ああ、よかった。

無事に車で家まで帰れた。ついでに私の畑を見せる。

「これで次から畑の話をする時にイメージできるでしょ」

8月4日（木）

サクは明日(あした)東京へ行くので、今日、どこか泊りに行く？と提案していた。志布志(しぶし)湾に海水の温泉のあるホテルがあるんだって。古いリゾートホテル。

「いいね。どっちでもいい」とサク。

「どうする？」と私たちはなかなか決められない。本当にどっちでもいいので。

でも、結局行くことにした。

その前にサクは近所に髪を切りに。私も行ってるいつものお店。

切ってもらって帰ってきた。サッパリとなってる。

「いいね。あそこ」とサクも気に入ってる。

「いいよね。このあいだ、所要時間、17分だった。早いし、他の人もいないし、前の草地に車をザッと停めて、すぐに店の中に入れるし、すごく気楽だよね」

「うん」

と、私たち、大絶賛。

お昼は冷やし中華。

車が通って家がダンッ！　とゆれた。サクが驚いてキョロキョロしている。

「ね、ゆれるでしょ？　去年の水道工事から。最初地震かと思ってスマホを見たよ」


午後1時すぎに出発。スマホで調べたら1時間半ぐらいと出たけど、人に聞いたら2時間半ぐらいかかるとか、ルートも人によっていろいろだったので、スマホと車のナビを参考にして行くことにした。

都城（みやこのじょう）で信号の多い市街地を通ってしまって時間をロスしたけど、志布志まではきれいな道路ができていて1時間45分ぐらいで着いた。ロスしなければ1時間半で着いたかもしれない。

海沿いのホテルは古かったけど、静かで味わいがあった。

私はすぐに温浴海水プールへ。小さな小さなプールで、子ども連れの親子しかいない。大人だけというのは私ひとりだった。入ってみると、塩水なので体が浮いてしまい、勝手が違う。なるほどね〜と思いながら、すみっこで小さく泳ぐ。

30分弱、そこにいて、それから大浴場へ。ここも海水。お客さんは子ども連れのお母さん一組だけ。ゆっくりと浸かり、露天風呂、サウナ、水風呂にも入る。でもすぐに飽きてしまい、部屋に戻る、サクは釣りに行ったみたい。

今、5時。夕食は7時にレストラン。それまでのんびり読書でもするかな。窓の外は志布志湾。小さな島や岬が見える。

7時前にサクが帰ってきた。志布志港でちょっと釣りしたけど釣れなかったそう。

レストランに行く前に売店を見てみよう。フロントのとなりには寿司(すし)屋のようなお店。廊下の途中の広間は高校のサッカー部の夕食会場になっている。元気な声が聞こえる。

売店をつらつら見る。海産物、お菓子など。

そこへ背の高い男の子が二人やってきて土産物を見ている。さっきのサッカー部かな。首の後ろが真っ黒に日焼けしていた。

レストランへ。

ゆったりと配置されたテーブルにお客さんがそれぞれに座っている。人数は多くなく、静かでいい。窓の外は海。ちょうど夕陽が沈む時間だったので夕焼けがとてもきれい。

料理は和食で、酢の物、先付、椀(わん)物、お造り…と次々と運ばれてくる。伊勢海老(いせえび)の黄金焼きと鹿児島黒牛ステーキ付きのコースを選んでいた。その他、天ぷら、アラ煮、寄せ鍋と、とても食べきれない。

これは私の夕食7回分ぐらいの量だ。なので全部食べなくていいよね、と無理しない程度にたくさん食べた。黒牛ステーキがおいしかったけど全体的にはそれほどでもない。従業員の方はみんな素朴で親切だった。最後のデザート、コーヒーゼリーとスイカとぶどうがおいしかった。


部屋に帰ってしばらくゆっくりする。ここは一泊朝食付きで予約して、夜はフロントの隣の寿司屋で食べたらいいかもしれない。


私は歯磨きをしていた。するとサクが「そろそろお風呂に…」と言う。

それぞれ自由に行けばいいと思ったけど。

「一緒に行く?」と聞いた。けど歯ブラシを口にくわえていて口を閉じていたので、出てきたのは言葉ではなく「んーんん、んんー?」という音だけだった。

なのにサクは「うん。場所がわからないから」と言う。

「え? 今の分かったの?」と私は急いで歯磨きを済ませてから聞いた。

「うん」

やっぱり親子だからか…と、ちょっとびっくり。

ふたりで大浴場へ。帰りは自由にね…と別れる。

浴場に人は少なかった。ひとりいたけどすぐに出て、それからずっとひとり。海水のタラサの湯。ちょっと口に入るとたしかにしょっぱい。熱めのお湯なので長く入れない。

階段を下りて露天の岩風呂へ。三日月をすこし太らせた月が海の上、棕櫚(しゅろ)の葉のあいだにくっきり。

サウナにも何度か入る。すぐに熱くなって水風呂へ。水風呂はとても冷たい。冷たくて長くは入れない。大浴場をくるくる歩いたりする。

このホテルは大黒(だいこく)リゾートホテルというだけあって、いたるところに大黒様が飾られている。部屋にも置き物と掛け軸。大浴場にも2つあった。大きいのと小さいの。すみっこにある小さい方を、お湯につかってじっと眺める。米俵みたいなのに右足を乗せ、小判がたくさん入ってるような袋を肩にかけ、笑いながら打ち出の小づちを振り上げている。

実は私、つい最近、予想外の大失敗があってまたお金がドンと消えた。まるで貯金通帳にサーモスタットがついていて必要以上のお金がたまるとドンと減る仕組みになっているかのよう。私の人生はそういう仕様になっているのか。たしかに下がったとしても0にもなってない。

で、大黒様にお湯をかけて手でスリスリなぞりながら、「大黒様。この打ち出の小づちでまたお金を増やしてくださいね。これから生活を一変させて頑張りますから」とお願いした。スリスリする。スリスリするのが気持ちよく、誰もいない大浴場のお湯の中で、いつまでもスリスリする。まあるい福耳、まあるいほっぺ、まあるいお腹、打ち出の小づち、米俵…。

おかげで気持ちが落ち着いた。

緊張感を持って、ダラダラしないで、これからしばらくは修行するように暮らそう。食事から添加物を排除する実験も明後日(あさって)から始めるつもりだ。

部屋を整理して、いらないものも整理して、自分をストイックに追い詰めたい。

8月5日（金）

12時から6時半前までわりとよく眠れた。いつも外泊すると夜中に目が覚めたりするのでそれを恐れて本などたくさんのものを持ってきたけど大丈夫だった。よかった。

6時半に朝ぶろへ。

海水のお風呂に身を浸す。海水のお風呂はすぐに体があたたまる。

昨夜から引き続きずっと考えていた。私は時間があって余裕ができると、好奇心と射幸心がうずうずと動き出し、ちょっと体験してみるかと未知のことに手を出してしまう。よく知らないことに。でも知らないことしかおもしろくないので、そうなる。冒険的なことに挑戦してみたくなったり、スリルを求めて危険な方向に舵を取ったり。

あと、私はいつだったか、神様にこうお願いしたことがある。

「神様、もし私が間違ったことをしていたら、ハッキリとそう分かる形で私に教えてくださいね。私は疑り深くて、物事を自分の都合のいいように考える性格なので、ほのめかす程度だと気づきません。なので、何か重要なことは、ハッキリと、わかる形でお知らせください。いけなかったら、はっきりとお灸をすえてくださいね」と。

で、今回の失敗も、小さな偶然が重なったことと私の怠惰、「あとでやろう」と危機感なくのんき気に後回しにしたことでうっかり時間切れ、ものすごくギリギリのところ、針の先1ミリぐらいのタイミング。笑えるようなアンラッキーだった。

お灸をすえてくださいねと言ったら、本当にその通りになった。

そして今、私は心を入れ替えて、生き方を変えることにした。

人は、大きなショックがあると生き方を変えようと思う。あるいは、大きなショックがないとそうそう生き方は変えられない。そのショックを味わいながら以前と同じ暮らしを淡々と続けるのはつらすぎる。なので環境やその他、何かを変えたいと願う。ショックをバネにしよう。そうでもしないとやってられない。しょんぼりしすぎて。で、私もそうしようと思った。

さっきまでいた人が上がって他に誰もいなくなったので、昨日の小さい方の大黒様のところへ近づいた。湯船の中に直立して、はだかんぼうで前に立つ。

広い窓の外は青い海原。

心を静め、誓う。

「これからの生き方をどうぞ見守っていてください」

大黒様はにこにこと笑ってる。昨日よりもツヤツヤに光って見える。

手を合わせ、目をつぶり、うつむく私に、その大黒様が打ち出の小づちを3回、シャッ、シャッ、シャッ、と振ってくれたように感じた。

「ついでに背中も」とクルリと背を向けて、また手を合わせる。

背中にもシャッ、シャッ、シャッ。

これで大丈夫。ああ、スッキリした。本当にスッキリ。

8時に朝食へ。

昨日のレストランに行くと、けっこう混んでいてすこし待った。ほぼ9割がたが幼

ホントは もっと小さい
（実物）

シャッ
シャッ
シャッ

ツヤツヤ

うははー よしよし

バカだのーでもよいぞ、いいかけ

ドンドンやれやれ

それでいいのじゃ

よかよか

どうってことなし

人生とはこんなもん

笑のじゃ

あっはっはっ

ワハハー

なんてことないぞ

児のいる家族連れ。3世代家族もいる。夏休みだからね。

お膳で運ばれてきた和朝食は量もちょうどよく、味もおいしかった。出来立てのお豆腐、しじみとわかめのお味噌汁、ぶりの照り焼き、鯛のお刺身、温泉卵など。

この朝食は好きだった。


ホテルを出て、近くのダグリ岬海水浴場へ。9時でももう暑い。こどもがふたり、浮き輪で泳いでる。その隣に日焼け対策の帽子をかぶった若いおかあさん。

砂浜は白くまぶしい。波打ち際に打ち寄せられた貝殻を見る。波に足をつけたら冷たくて気持ちよかった。いつかこの海でぷかぷか浮かびたいなあ。

海産物のお土産物屋さんで鯵の開きとちりめんじゃこを買って、途中の道の駅「おすみ弥五郎伝説の里」で水を買い、鹿児島空港へ。サクを降ろす。またね〜。


明日から添加物を取らないことに挑戦する1カ月。やるとなると楽しみ。

選択肢が少ないことは案外楽かもと前に書いたように、添加物を取らない食事、と決めるとなんでも原材料を見て決められるので楽だ。

そうすると、お茶は西茶だ。ちょうど帰りに寄れるので買って帰ろう。工場に行くのはひさしぶり。

おばちゃんがいた。『山のひなた』を10個ください」と決めていたのですぐに言えた。水に溶かす粉茶と、紅茶を試飲したらおいしかったのでそれも買った。「また来まーす」と言って帰る。

次に、吉松町（よしまっちょう）の吉松物産館でお昼用におにぎり2個とポテトサラダとマスの甘露煮とアンバターパン、ゆうすいプリン、豆腐を買った。

そして最後に、ガソリンが減ってたので満タンにして帰宅。

あ〜、おもしろかった。

タラソテラピーはいい。ふる〜いホテルだったけど、なんだかよかった。

明日から、私は生活を変えます。

あ、そうそう。ついでに変えたいこともうひとつ。

情報について。

私はいつもYouTubeの動画を聞きながら家のことをやっていた。おもしろいと思う人の動画を毎日見て、それが何人もいたので、毎日毎日、その人たちの考えていることを聞き続けていた。でもそれもしばらくやめてみようと思う。

するとどうなるか、それもとても楽しみ。

情報の海に無防備に飛び込むのはやめて、地図を片手に自分から「ここへ行こう」

と目指して行く場所と、向こうから私を「ここ」と目指してきたものだけにエネルギーを使おう。

明日からの1ヵ月は読書をしたい。

8月6日（土）

昨夜はスマホをリビングに置いて寝たせいか朝まで起きずに眠れた。というか、うっすら起きてもそのまま眠ることにしたので眠れた。いつもだったら目が覚めたら動画を見ていたところ。

6時半に起きて、準備して畑へ。赤モーウイがまた出来てる。3つも。冷蔵庫にまだ1本の3分の2あるので全部は食べられないかも。

草整理を少ししてから、枝豆を収穫する。できているのだけを選んで切り取った。コガネムシに食べられて葉っぱはボロボロ。空心菜も少し採る。

この暑さの中で、青々とした葉を茂らせている落花生もあれば、へたってきているえんどう豆、終わりかけのキュウリ、すごく伸びた菊芋、いろいろだ。

次に庭に移動して草を刈ったり、気になる枝を切ったり。

真夏はすこし草を残しておいた方が湿度を保てていいよなあ…と思いながらほどほどに。

そうしながら、またいろいろ考えた。

おととい書いたサーモスタットを作動させているのは実は私なのだと思う。時間とお金に余裕が出てきたら何かしたくなる。ダメもと、というか、どちらかというとお金を減らしたいと思っているのかもしれない。

「お金はあってもこまらないから」とよく言われるが、あれはお金を持ってない人が言う言葉だ。お金は、その人が必要としている以上にありすぎると困るものだと思う。時々、大金持ちなのに質素な暮らしをして、死ぬまでその暮らしを続けたという人のことを、「あんなにあるのに使えばいいのにね」と言う人がいるが、それもまたお金を持ったことのない人の意見だ。その大金持ちは人生におけるお金とのつき合い方をそういう形にすることに決めたのだろう。お金に関する苦労は多い。そりゃあ哲学も生まれるだろう。


さて、今日から添加物ゼロ生活。

昨日のサウナで水玉さんとおっとりさんにその話をしたら、「1カ月じゃわかんないよ」とふたりがいう。

「うん。でもまず、1カ月やってみて考える。それがよかったらもっと続けるかもしれないし。まずやってみるわ。袋に入った市販の商品はほとんどダメでしょう？　家にあるものだったら調味料に気をつけないと。出汁（だし）入りみそとカレー粉はダメだね」

「私はスナック菓子を毎日食べてる」とおっとりさん。

「私はスナック菓子は食べない」と水玉さん。


玄米を炊いたので、昨日買ったマスの甘露煮の残りとオクラ、ちりめんじゃこ、冷やっこでご飯を食べる。少量をよく味わって食べると味わい深い。

選択肢が狭まったので本当に楽だ。

もしかすると、幸福のヒントはそこにあるのかもしれない。

午後は灼熱（しゃくねつ）の中、外に出て用事を済ませ、仕事部屋の整理。

考えてもしょうがないことで悩むってことは、まだ整理がついてないってこと。

その問題をもっと考えて、自分の納得のいく結論がでるまで考えぬけば、もう悩まなくなる。

8月7日（日）

今日も暑い。

6時半起床。

2階の壁を見ると、道路からの振動でひび割れが大きくなっている…気がする。毎日震度3ぐらいの地震を何ヵ月も受けているようなものだから。

明日また市役所の水道課に電話をかけてみよう。

畑へ。草整理を一生懸命する。ひび割れを見て気持ちが暗くなったのでそれを払しょくするかのように熱心にやった。できなかったけど。

次に庭へ。ここでもひび割れを忘れたくて一生懸命草を刈ったけど、忘れなかった。しょうがない。


ある程度歳をとって悟ってくると、幸不幸のからくりがわかってくる。不幸を感じたあと、幸福感が襲ってくる。不幸なことがなければ大きな幸福感は味わえない。不幸なことがあって気持ちが暗くなると、たぶんこの気の暗さが解消した時、すごく大きな幸福感と解放感を味わうだろうなと思う（この大きさは、時間×分量なので、少量の不幸が長く続いたのと大きな不幸が一瞬できたのとは同じ。少量の幸福が長く続くのと大きな幸福が一瞬で来るのも同じ）。

なので私は今、ひび割れのことで気持ちが暗いけど、そのうちそれが何らかの形で解消したら、私はまた幸せを感じるだろう。それがわかってる。

…と思いながら大量の苗ポットを洗う。

日曜日なので母のしげちゃんと兄のセッセが来た。これからお墓に行って掃除しようと思うというので、私もお花を買ってあとで行くことにした。

庭の榊(さかき)を数枝採り、ドラッグストアで造花を買って、お墓に向かう。

炎天下、しげちゃんたちは草むしりをしていた。造花と榊を花の筒に入れるのに悪戦苦闘。枝が長いので折り曲げるのが大変だった。そうこうしているあいだにも二組、お墓のお掃除やお墓参りに来た。もうすぐお盆だからね。

車が停めにくい場所なので、みんな何度も切り返している。足が悪いので、と外に出ないで車の中からお墓の方に向かって拝んだ方も。

どうにか花を入れ終えて、ちょこっと草取りと、お参りをして帰る。帰りがけ、セッセが「何かいいことあるかもよ。お墓参りしたから」と。

セッセは前にお墓参りをしたらいいことがあると聞いてやってみたら本当にいいことがあったので、それ以来、お墓参りが好きになったそう。

さて、ここ数日のことで、私は次のステージへ進む時が来た、と感じる。神様がそう促している。もうそんなことやあんなことにかかずらっていないで次へ行きなさいと。

はい。

それと呼応するように、数日前から興味を持ち始めたことがある。

睡眠だ。

睡眠は家の整理が終わったら取りかかろうと思っていたけど、数日前に「ショージー先生の睡眠と健康教室」という動画を見て、その中にマットの肩の部分をくりぬくと肩が楽になるという話があった。うーん。これはおもしろいと感じ、自分で作ってみたくなった。それで即、マットを注文した。いい睡眠をとるための工夫をこれからしていきたいと思う。

今までは夜中に動画を見たりして、かなりよくなかった。いや、まったく睡眠を軽視していたといっていい。その重要さを知っているにもかかわらず、あとであとでと先延ばしにしていた。お酒を飲んで眠くなって早く寝て、夜中に目が覚めたらYouTubeを見て、いつのまにか寝て、また目が覚めたらうとうとしながら聞いて、寝て、と小刻みに寝たり起きたりの繰り返しで熟睡するヒマもなかった。

夢も見ないし、ぐっすり寝た実感もない。いけないいけないと思っていた。

で、おとといからスマホを寝室に入れないで寝たら朝まで起きないで眠れた。

これから睡眠のことを考えていきたい。

家に帰ったら、枕とマットが届いていた。わあ。早い。さて、あとでゆっくり取り掛かろう。

午後は資料整理。書類ケースの引き出しを一段一段床に広げる。細かいものがたくさん。これをひとつひとつ見て、選別する作業を続ける。

マットの肩の部分をくり抜く作業をした。くり抜くというか、横に切って肩の部分がなくなるようにした。いい感じだ。寝るのが楽しみ。枕も調節する。枕はよくわからないので、使いながらよくしていこう。

温泉に行くと、夕立がきたせいかみんないつもよりも早く来てる。草むしりをしようと思ったけど雨が降ってきたから来たと言ってる。

私はこれから毎日一生懸命作業するから、この夕方の温泉がリラックスタイム。ここでゆっくりと体をゆるめるのだ。

「やりがい」はある種、困難とセットになっている。

8月8日（月）

お酒も飲まずに11時に寝たら、5時に目が覚めた。6時までベッドの中にいて、もう眠れないなと思い、6時に起床。

燃えるごみを袋にまとめて出しに行く。

それから畑の野菜を収穫。トマト、なす、おくら。赤モーウイが3本、もう熟れている。今日は1本だけ採ろう。

そして小玉スイカ。ネットにぶら下げて栽培していたら、8センチぐらいから大きくならずにうっすら黄色くなってきた。どうしたんだろう…と気にしていたけどやはりダメみたい。なので採って、半分に切ってみた。中はちゃんと薄赤くなってる。スプーンですくって味見すると、ほんのり甘い。でも、やはり変だ。なり口のところによじれたような線が入っていたので、もしかするとぶら下がってる重みで茎が傷んだのかもしれない。

ああ。残念。

今日も死ぬほど働こう。いやなことを忘れるために。

あ、でも今日は手ぬぐいができあがる日で、午後にはテーブルもできあがる。そのすき間で死ぬほど働こう。これからずっと、嫌な気持ちが薄れるまで、死ぬほど働くんだ。

お昼ごろ、手ぬぐいが来たという電話で、サイン用の油性ペンを持って飛び出す。段ボールを開けるとビニール袋に入った手ぬぐいが詰まっていた。ビニール袋を開けて広げてみる。

ああ。いいね。よくできてる。絵柄もよく染まってる。よかった。

3人で喜びあい、市長さんへ届けるという額に収めてみる。立派だ。よしよし。

家に帰ってお昼ごはんを食べていたら、ガラリと戸が開いた。あ、建築会社の立山(たてやま)さん。

忘れてた! テーブルの完成だ。あわてて仕事部屋に移動して続きを食べる。

作業が進んで、テーブルが設置された。いい感じだ。シンクがあった穴の底を板でふさいでもらったのでそこにちょうどよく何かを入れられる。水道のあとにはちょうどいいガラスの容(い)れ物がはまったので花瓶にしよう。

そのあと、夜までまた資料整理。小物整理。

夜。寝ようとしてタオルケットを動かしたら、柔らかいチョロチョロしたものが手に触れた。

なに!

見ると小さなヤモリが逃げていく。うう。

去年のラッキーの子孫だろうか。チャームと名づけようか。

8月9日(火)

昨日も11時に寝て、今日は6時半に目が覚めた。いい感じだ。夜中に目が覚めず、夢も見られた。

肩部分を切り取ったマットは肩を圧迫しない。なので腕、首も疲れない。これはいい。


朝、道の駅に行ってポストカードをチェックする。売り上げのメールが来ないので1枚も売れてないかと思ったら3枚ぐらい減っていた。売れたのか盗まれたのか。夏休みなのにこんなに売れないとは。やる気がなくなった。半年ほど置いておいてほとんど売れなかったらシュッとやめよう。

昼間は引き続き仕事部屋の小物類の整理。

午後は灼熱（しゃくねつ）の2階の和室へ。今は小さな箱や段ボール箱、プチプチなど緩衝材の置き場になっている。小箱が多すぎる。荷物を送る時に困らないようにと去年の春から箱類を取っておいたのだけど、こんなに使うことはないだろう。半分ぐらいに減らそう。

汗だくになって整理し、小箱や段ボール箱を解体してまとめる。

その汗びっしょりのまま温泉へ。

はあ〜、極楽、極楽。

サウナにも入って、水風呂（みずぶろ）でも極楽、極楽。

サッパリ、スッキリ。


夕食後もまた仕事部屋の続き。今日も11時に寝るまで一生懸命に頑張る。

ところで私は温泉の脱衣所で服を脱ぐとき、汗をかいた日はブラジャーの下のフチのいちばん汗の染みこんだところの匂いを嗅（か）ぐのが大好き。日によって匂いが違い、ときどきすごく好きな匂いの時がある。家では嗅がないけど温泉に行くとなぜかそうする。クンクン。汗臭くていい匂い。私の小さな楽しみ。

家にあったマヨネーズは添加物が入ってるやつだったので食べられない。なので自分で作ってみることにした。簡単な方法で。卵の黄身と酢とオイルと塩をミルミキサーで混ぜるだけ。が、バージンオリーブオイルで作ったらオリーブオイルの癖が強すぎた。うーん。次に作るときは癖のないオイルで作ろう。この方法だったら自分でいろいろ入れて味を作れるのでいいなと思った。

夜。寝ようとしてベッドに向かったら、チョロチョロと横切っていくチャームの姿が！

ここに住んでいるのだろうか。急いで捕虫網を取ってくる。タオルケットをそっとめくると、いた。捕虫網をかぶせてゆっくりと網の中に追い込む。そして外へ。

8月10日（水）

今日も朝6時までぐっすり眠れた。

夢も見られた。夢を見られるのはうれしい。夢を見ると気持ちが切り替わる。夢の中のできごとによって気分が一掃されるから。


畑に行って、草刈りなど。また汗びっしょり。

ゴマがいつのまにかすごく大きくなっていて花も順々に上へ上へと咲いていく。菊芋なんて木のようだ。里芋もすごく大きいのがふたつ。ひとつは去年できた親芋を植えたもの。どうしてこんなに大きくなったのだろうと思うほど大きい。

草を刈っていると、自然と今現在の悩み事を考えることになる。少しずつ草を刈りながら移動し、少しずつ考えも先へ進む。そして草刈りが終わるころにはその悩み事の今日の落としどころが見つかっている。

よし、と立ち上がった時には草も悩みも刈られてる。

2時間ぐらいやって、野菜を収穫して帰る。

外の水場で野菜を洗う。いろいろいっぱいできてた。終わりかけの曲がったきゅうり、なす、オクラ、ピーマン、トマト、枝豆。

大きな赤モーウィが3本も。うーん。これはもうひとりでは食べ切れない。冷凍しようかな。

今日は順位戦がある日。将棋を見ながら整理整頓の続きをしよう。

だらけてきたら、「死ぬほど一生懸命にやるのだ！」を思い出そう。

あの気持ちを思い出すと、めんどうくさい気持ちが消えて、「はいっ！」と思う。

大黒様の姿も私を支えてくれる。


手ぬぐい額を仕事部屋にかけた。

見るたびに山登りの清々しい気分が蘇る。これはいい。

もう一色、あずき色のはリビングに飾ろう。ゼリー状の両面テープでくっつけた。正面に立って、パンパンと手を叩く。

なんかいい。大黒様の絵も描こうかな。


描きました！

あまり思ったようには描けなかった…。とりあえず本棚に飾っとこう。

醤油麹を注文したらおまけにカレースパイスがついてきた。これはうれしい。さっそくカレーを作った。うん。まあまあおいしかった。もっと工夫したらもっとおいしくなりそう。研究したい。

今日の夜はベッドにチャームはいなかった。

8月11日（木）

今日手ぬぐいが販売されるそうなのでちょっと見に行く。いい感じに売り場ができていた。私のポストカードはあんまり売れてないけど手ぬぐいと一緒に売れるかもしれない。昨日、馬場さんたちが市長さんに手ぬぐいを贈呈しに行ったそうで、その様子がMRTテレビで放送されたそう。

昼間は一生懸命に仕事部屋の道具類を整理整頓。もう一生使わないだろうと思われる道具は捨てることにした。筆も選別する。

昨日描いた大黒様の絵はあんまり好きじゃなかったので飾るのはやめた。

BOSEのCDプレーヤーのコードがない。捨ててしまったのか？

サクとドライブ中、話したことを思い出す。

「ママはずっと昔から不思議だったの。どうしてみんな、わざと不幸になるように行動するのだろうって。悪口を言ったり機嫌悪くしたり人に悪いことをすると、結局自分に跳ね返ってきて人間関係がうまくいかなくなるのに。物事がスムーズに動かないように、不幸になるように、なるように、しているように見えるんだよね…」

そう。本当に不思議だった。大事にしているものの違いなのか、感情をコントロールできないのか、しようとしないのか。

そのせいかどうか、私にはこの世の中は生きやすかった。理解できない出来事が次から次へと起こるのでなく、「なるほど、なるほど」といつも思えた。

温泉で、水玉さんに額に入れた手ぬぐいを渡す。

「生みの親だからね」

水玉さんの言葉でアイデアが浮かんだのだ。ほら、ここの温泉も描いたよ。

「年とって歩けなくなった時に見たら涙が出るかも」と喜んでくれた。

8月12日（金）

畑、庭しごと、本棚の整理、まだまだやることはいっぱい。

カットスイカを買おうとスーパーに行ったら、秋田産のしかなかった。秋田か…。近くのはないのかな。丸いスイカならあるけど、カットスイカはそれしかない。なのでそれを買った。

甘さはどうだろう。甘いスイカを食べたいなあ。

で、家に帰って食べたら、甘さはまあまあだった。本当においしいスイカに巡り合うことはめったにない。こうなったらもう責めずに待とう。そしていつか、出会った時に出会ったことを喜ぼう。何に対してもそういう姿勢でいたい。責めるのでなく待ち、で。そうするはずだったのに忘れてた。だんだんそうなればいいか。

8月13日（土）

睡眠は、夜明けの3時半に目が覚めて、4時半まで読書してまた眠った。そして6時に起床。夜中に一度も目が覚めないようになりたい。


今日は家の中でいろいろ作業した。

突然のどしゃ降りがあったり、変化の激しい天気。

カーカのコロナの後遺症はどうかなと気になって電話したけどでない。しばらくしてラインで「どうしたの?」ときたので、「具合はどう?」と聞いたら、「普通だよ」って。大丈夫なんだ。じゃあよかった。

温泉に行ったら常連客は少なくてお盆で帰省している家族連れが多かった。子どもから20代まで若い女性がたくさんいて、ほんとうにピチピチしている。小学生ぐらいの女の子が目の下にかわいいハートのシールを貼りつけていたので「それなに?」って見せてもらった。

8月14日(日)

道の駅に行ってポストカードをチェック。位置を整える。あまり売れているようには見えなかった。はたきでパタパタとホコリをとる。となりには手ぬぐい。

ぶどうを買って帰る。

今日も仕事部屋の本棚の整理。かなりスッキリしてきてる。でもまだまだ。これから本の中身を精査しなければ。

スピ系の本を読み始めたら急に眠くなった。グーッときてうたたね。いつもそう。スピ系の本を読むと眠くなる。これはいい兆候。

8月15日（月）

ハッと気づいたら今日は王位戦第4局だった！出だしを見そこねた、とあわててスマホをつけたらやってない。なぜかと思ったら豊島九段がコロナで延期だそう。そうか…、無事に回復してほしいところ。

ＢＯＳＥの電源コードがやはりみつからない。引っ越しの片づけで捨ててしまったのかも。

購入した正式オンラインストアに電話で問い合わせてみた。外国人らしき女性がたどたどしく対応してくれた。現在在庫切れということで、入荷次第発送してもらうことにした。シリアルナンバー、電話番号、メールアドレス、住所を口頭で伝えるのにとても時間がかかった。アメリカのａ、アイスクリームのｉ…ってアルファベットを一個ずつ確認されて。25分ぐらいかかったかも。でもよかった。ホッとする。

そしてアフターケアに関していろいろ考えさせられた。

近年、便利になったことと不便になったことがある。便利になったことはものすごく便利になったけど、不便になったことはものすごく不便になった、その不便になった部分をどれくらい被らずに済むか、そのことを考えて行動しなくては。今回は無事にコードを注文できたけど、買ったはいいが修理もできないという製品も多い。連絡もとれない会社もあれば、ちゃんとアフターケアしてくれる会社もある。価格の安さでなく信頼できるところから製品を買うということにこれからはもっと注意を払おうと思った。

梅干し作りでできた梅酢にショウガの千切りを漬けて紅しょうがを作ったら、色がとてもきれいで味もおいしい。初めて本物の紅しょうがを食べた気分。今まで紅ショウガというものの正体が何なのかわからなかったけど、これではっきりした。

夜。洗面所にチャームが。急いでカメラと捕虫網を取りに行く。写真は撮れたけど、その後、姿を見失った。

8月16日（火）

夜中に雨が降っていた。

今日は天気が悪そうだけど、朝は雨が降っていなかったので畑に行く。ボサボサに伸びているトマトの枝を整理する。なんだか変なにおいがする、何かが腐ったような匂い。何だろうと思いながら作業を進めていて、ふと地面を見たら、ヘビの皮が見えた。草の間に15センチほど。

ギョッとして見つめる。

途中が大きく膨らんでる。想像した。モグラを食べて膨らんでるのかも。そして何らかのアクシデントがあってそのまま死んでしまったのかも。

そおっと遠巻きにして作業を続けた。

激しい雨が降ったかと思うと、いきなり晴れたり、今日も変な天気だ。

道の駅のポストカード。メールで売り上げのお知らせが来るはずなのに来なくて、1枚も売れてないんだ…としょんぼりしていたら、その登録をしなければいけなかったようで、昨日登録したら夕方にメールが来た。そして4つ売れていた。カード2枚とギフトパック2つ。とてもうれしい。

ギフトパックというのは小さいビニール袋に本やカードなどをちょこちょこ詰め合わせたもの。3つ作ったら3つとも売れた。お盆でお客さんが多いようで、「知り合いがこの人のファンで…」と若い男性が買って行ったと、レジをしていた水玉さんがサウナで教えてくれた。なんかやる気が出た。また作ろう。

さて、私は連日、資料整理や本の整理などを熱心にやっているが、その本棚の中にバリ島のリゾートホテル特集の雑誌があって、それを捨てようかどうしようかと思いながらパラパラ見ていた。リッツカールトンのタラソスパの写真があったのでじっと見る。広くて、セミオープンエア。海水プールにバブルベッド。目の前に広がるインド洋のパノラマ、だって。気持ちよさそう…。

今の私の唯一のリラックスタイムは夕方の温泉だ。あの古くて外の景色も見えない閉鎖的な温泉を私の妄想で極上のスパということにしようか。

熱い温泉とぬるい温泉、サウナと水風呂（みずぶろ）しかないけど、そこで毎日のルーティンであるストレッチをちょこっとしている私。ひとつの動作を1〜2回ずつ。それに最近は目の疲れを取るという指先の指圧も加えた。ストレッチと指圧を軽くやりながら温泉とサウナと水風呂を回り、心の中ではバリ島の高級スパにいるような気持ちですごそう。

妄想極上スパ。

いいね。どれだけ極上気分に浸れるか、自分の想像力への挑戦だ。

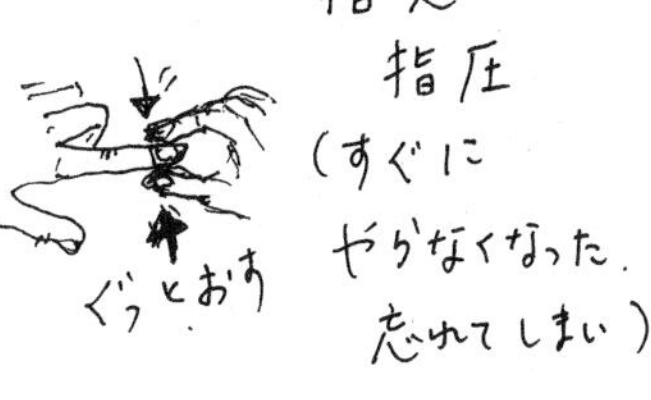

「この世をこの世に触れずに歩く」という大好きな言葉を思い出す。その状態であるならばどこにいても楽しく生きられる。

午後も作業をして、夕方温泉へ。

お盆は多かったお客さんも今日は少なく閑散としている。

私のスパ。資材置き場のような風呂場の内観。そこに石と観葉植物。朽ちたような水車が置かれている。バリ島と比べるとあまりにも差があるので宇宙に目を向けよう。

銀河系のとある星、地球星人スパ。

水風呂に首まで浸かって、入ってくる人を眺める。ぷよぷよとした柔らかい表面を持つ生物がふたまたに分かれた先端を前後に動かして前に進んでいく。熱い水に浸かって、目を閉じている…。この者たちはなにぞ。

サウナも含め2時間弱、ゆっくりと入った。明日もまた妄想スパでリラックスしよう。

夕食にアジの開きをガスコンロのグリルで焼いてみた。専用の蓋つきグリルパンに入れてガスの火で上下から熱する。できあがったので専用のハンドルで蓋を持ち上げ、流しに置く。そのあとバタバタと他のおかずを作りながら、流しを整理しようとそのグリルパンのつまみを持ち上げた。

すると！　なんとそれは灼熱の熱さ！　さっきまでガスの火でカンカンに焼かれ続けていたから。ギャッと指を離したけど、もうおそい。つまみをつかんだ右手の指先、4カ所を火傷した。大急ぎで冷凍庫から保冷剤を取り出してつかむ。

夕食もその保冷剤をつかんだまま。左手か、熱さを感じるまでの数秒だけ右手を使って食べた。夕食後もずっとつかんだまま。離すと痛みが出る。

最終的に湿潤療法パッドを貼ってしばらく痛みを我慢していたら痛くなくなった。

ああ。気をつけよう。

8月17日（水）

早朝、畑へ。

なすとピーマンの枝整理をする。

赤モーウィが3本、もう熟している、なので3本、切り取った。家にまだ2本あるのにどうしよう。

道の駅に行って、帰りにヨッシーさんちに寄って1本あげる。

天気は今日も短時間で激変。激しい雨と晴れが交互にやってくる。洗濯物は外に干せない。


夕方、温泉へ。

お盆が過ぎていきなり静か。常連客がポツリポツリ。

この温泉もうスパには思えず、宇宙スパ、地球スパなんてどこのこと。ただの素朴な温泉だった。でもいいの。私の行きつけ。ときどき、できる時はスパ気分で。

8月18日（木）

今日も不安定な天気。雨が降ったりやんだり。

でもやはり雨が降ると落ち着く。

家の中でできる作業を今日もちょこちょことやり続ける。

木製のこぶたサイコロを作るために、焼きゴテでこぶたを焼き付ける。ひとつひとつ。コツコツと熱心に。6面あるから1から6まで、ひとつにつき計21こぶた。

そこへ、ＢＯＳＥの電源コードが届いた。すごく早い！

うれしい。しかも送料はとられず、コードの実費１１００円を支払っただけ。サービスのよさに感動した。最近、こういうサービスのよさに感動したことがあまりなかったなあ…。あの対応してくれた外国人の女性の落ち着いた受け答えを思い出す。時間はかかったけど、待ち時間も長かったけど、とても丁寧だった。

カスタマーサービスのアンケートがきていたことを思い出し、その感動を気持ちを込めて書き込む。


夕方、温泉へ。唯一のリラックスタイム。

脱衣所に入ったら元気さんしかいなくて、今上がったばかり。そして「今日はサウナは入れないよ」と言う。壊れていて修理中らしい。あら、残念…。

静かに浴場に入っていくと、お客さんは少ない。修理の女性が出入りしている。ふう。ぬるい温泉に入って、水風呂に入って、熱い温泉に入って、水風呂に入って…を繰り返す。顔見知りの人も来ない。

しばらくすると飲み屋さんをやってるママがきた。サウナも修理ができたそうなのでふたりで入る。ポツポツ話す。私はサウナでだれかとふたりきりになった時にポツポツ話すのが好き。知らない人がいたり人数が多い時はあまり話さないけど、ふたりだけだと深い話ができる。

出て、温泉に浸かりながらおとといの火傷のばんそうこうをはずす。4カ所もあったのにすべて直っていた。皮膚はまだ白く変色しているけど痛くないし表面もすべすべ。湿潤療法の「キズパワーパッド」は火傷にいい。

介護士をされている方の講演動画をみていて軽くショック。

「みなさん、死ぬ直前まで元気にすごしたい、ピンピンコロリで逝きたいとおっしゃいます。私が長く現場で見てきて、そういう元気な方には共通点があります。基礎疾患がないことと、痩せていることです」だって。

そうか…。たしかに、そういう人たちって痩せてるイメージがある。

そうだわ。

そういう人たちって軽いんだって。体が。重くない。よけいな重みがない。

そうだよね。そういう感じがする。

私もこれから徐々に20年ぐらいかけて痩せていきたい。痩せるというよりも、軽くなろう。軽くなりたい。軽くしよう。と思った。

いつも身軽に。いつか身軽に。

8月19日（金）

段ボール類を捨てる日なので、段ボールとペットボトルを車で収集所に運ぶ。その途中で青い柿がパラパラと道に落ちているのを発見。

あ、柿だ。

渋柿かなあ。渋柿だったらほしいなあ。柿渋を作りたいから。


道の駅に行ってポストカードをちょいちょいと整える。

手ぬぐいの陳列台を眺めて、「このスペースが空いてるからここにも置けるように何か考えようかな…。流線型のがよさそう」などと考察。

入り口の花置き場からいい匂い。ジンジャーリリーだ。クンクン。ああ。この匂い、大好き。前に球根を買って庭に植えたけど花は咲かなかった。

1本買って、家に飾る。クンクン。いい匂い。

夕食になすと鶏肉（とりにく）の冷製バンバンジーみたいなのを作った。食べてみると塩辛い。

辛すぎる。またか。またやったか。

塩と砂糖を間違えてる。なぜかというと色がほぼ同じなのだ。ベージュ色みたいな薄い色。容器に名前もなく、間違えやすい。ああ。あわてて味付けを変えたけど塩を大さじ1も入れたので完全にはできなかった。失敗失敗。

夜。段ボール箱やその他いろいろを集めて陳列台を作り始める。まず紙に簡単な絵をかいてイメージを作ってから、正確に測るのは面倒なので下書きはしないでハサミでジョキジョキ。

途中、疲れた…もうできないかも…とくじけそうになったけど、もう少しだけやってみようと思って続けていったら、だんだん形になってきて、途中からおもしろくなった。そして、2段ケーキのような陳列台が完成間近。

もう遅いので続きは明日（あした）。

8月20日（土）

朝5時に目が覚めて、すぐに台を見に行く。そして、ここをこうして、ここに色をぬって…とやる気がむくむく。物を作るのは楽しいなあ。時間を忘れるわ。

畑をチェック。また草がのびている。そして足を蚊に10カ所も刺されてしまってかゆいかゆい。

庭のフェンスに見慣れない丸いものがふたつ。時計草の実だった。

陳列台を作り終えて、右から左から、何度も眺める。手ぬぐいを並べて、また眺める。

それから読書して、夕方、温泉へ。

今日は3時間もいた。サウナに知ってる人が次々と五月雨式にやってきたので。

おかげでぐったりと疲れたから今夜はよく眠れそう。

冷凍庫に保存していたトマト第2弾が袋いっぱいになったので鍋で煮詰めることにした。グツグツ煮て、今回はザルで濾して種と皮を取る。するととてもきれいでおいしいトマトソースができた。あまりにもおいしくて何回も試し飲みした。

去年作った干し芋の最後の一袋を食べる。

8月21日（日）

明け方、4時から6時ごろまですごい雨と雷。特に雷がすごい。目が覚めてしまったので庭に出て空を眺めた。光り続けている。

すべてをお気に入りに！

そうだ。身の回りのすべてをお気に入りにしよう。お気に入りレベルのものでまわりを取り囲もう。ひとつひとつを吟味して、できるだけお気に入り度を高めたい。

8月22日（月）

午前中、道の駅に陳列台を置きに行く。段ボール製なのですぐに壊れてしまうかもしれないが。手ぬぐいを並べ終え、原画を手にその前でにっこりする写真を撮ってもらう。こまごまとしたことが立て込んでずっとバタバタ。

夕方の温泉でほっと一息。

ひさしぶりの外食。いつも温泉で会うふたりと近くの居酒屋へ。

お客さんがいっぱいで主人がひとりでてんてこ舞い。5種類ぐらい注文してちょっとずつシェアして食べる。1時間程で出て、そのあとのお店で炭酸を2杯飲んで帰る。


家に戻って電気をつけて、ビックリ！

台所の床に直径10センチほどの赤黒い血が広がっている！

なんだ⁉

おそるおそる近づいて、…わかった。

今日外食することを忘れていて、出がけに夕食の時に食べようと冷凍庫から牛肉のハラミの入った袋を外に出していたのだ。半分食べて残り半分のもの。その肉が解けて、血がしたたり落ちていた。

殺人事件かと思ったわ。

急いでふき取る。何度もキュッキュッ。

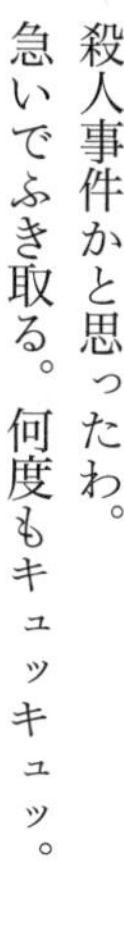

8月23日（火）

昨日から天気が回復した。たまにさわやかさを感じる。

去年の春から最近まで続いていた流れが変わってきたように思う。近くにあったものがいくつか、バン！と爆発したようにかき消えた。流れが変わったのではなく、私が軌道修正したのかもしれない。慣れてきて、落ち着いてきて、ずれていた流れを戻した。

平穏なようでいて、人が生きる以上、必ずいろいろある。波風のないことはない。本来の軌道とずれた道を歩いていると、だんだんに戻ろうとする力が強まって、それがいよいよ極まると、バーンと何かショックな出来事が勃発（ぼっぱつ）して、しなった竹が戻るみたいに本来の道に戻る。そこでハッと我に返る。

さて、今日は4カ月ぶりの歯科検診。

緊張しながら向かう。レントゲンを撮ってから、先生が嚙（か）み合わせをチェック。歯磨きはとてもきれいにできているとのこと。

「はい。もう時々こっくりこっくり寝ながら磨いてます」

最後に細菌の様子をモニターで見る。虫歯菌も歯槽膿漏菌も少なく、ほとんど動かず、いい状態だった。よかった。

それから久しぶりの炭酸温泉へ。今日は以前よく行っていたこぎれいな方の温泉。静かでとてもリラックスできた。やっぱりこっちの方がいいなあ。

帰りに庭先輩のところに寄って、庭をぐるりと見て、木や植物の話をする。庭のことならいつまでも話せる。楽しかった。

爽快な気分で帰りの道を走る。

8月24日（水）

今日は王位戦。第4局。場所は徳島市「滑水苑」。

今日、明日は、ゆっくり観戦しよう。

このあいだ気づいたこと。

私は夏、家の中ではアロハフェアで買ったゆるっとしたガーゼの短パンを着ている。それを脱ぐ時、歩きながらスルッと下ろし、歩きながら左の足首にかかった短パンをポイッと足を使って放り投げ、それを右手でキャッチする、という手順を無意識にや

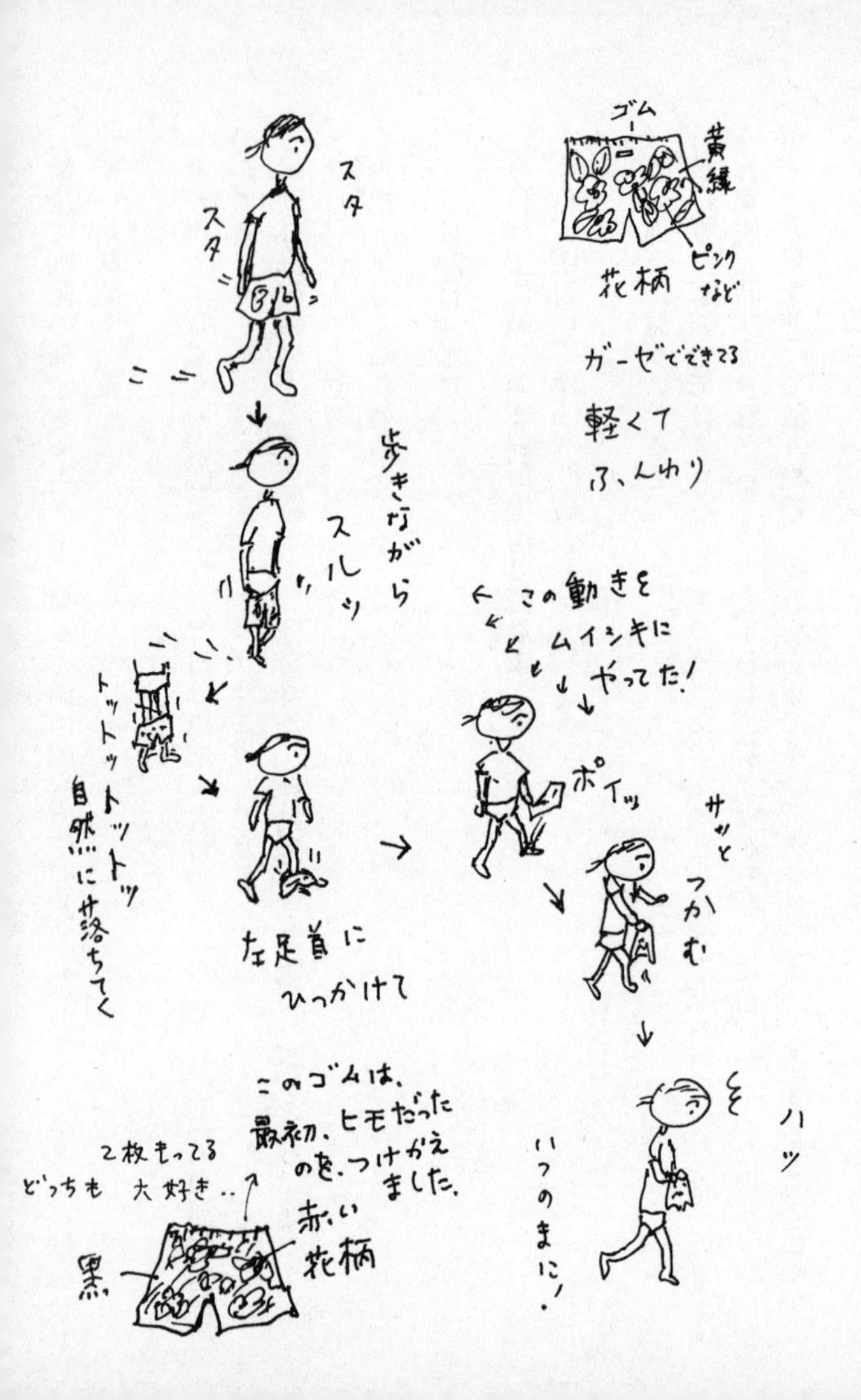
スタスタ
歩きながら
スルッ
トットットッ
トットットッ
自然に落ちてく
左足首にひっかけて
ゴム
黄緑
ピンクなど
花柄
ガーゼでできてる
軽くて
ふんわり
この動きを
ムイシキに
やってた!
ポイッ
サッと
つかむ
ハッ
いつのまに!
このゴムは、
最初、ヒモだった
のを、つけかえ
ました。
2枚もってる
どっちも 大好き…
赤い
花柄
黒

ってた。
手でキャッチした時にハッと気づいて感心した。
いつもこういうふうにやってたんだ…。

8月25日（木）

第4局は藤井竜王の勝ち。これで王位に王手がかかった。

8月26日（金）

ひさしぶりに畑の草刈りへ。
完全防備で突撃。まずは道に面した斜面。電動バリカンでシャーッと。
それから畝のあいだや草ぼうぼうの畝の上。全部はできなかったので続きは明日。

そしてこちらもひさしぶりに2階のベランダに外の階段から上がってみた。時計草が横切るように伸びていたのでそっと引き抜いて片方の手すりに絡ませる。
2階部分のモッコウバラのシュートが伸びていた。こちらはおもしろいのでこのまま伸ばそう。ナツユキカズラはつぼみがいっぱい。もうすぐ咲きそう。一部、咲いていたのでクンクン匂いをかぐ。いい匂い。

「ミッドサマー」という映画を見た。場所や雰囲気が不思議でいい感じだったので期待して観ていると、思った通りのカルトっぽい映画だった。

8月27日（土）

草刈りの続き。
午後は読書。
温泉へ。近頃はお客さんが少ない。

8月28日（日）

人参（にんじん）の種まきをした。人参はいつもうまくできない。形がボコボコになってしまう。今回こそきれいな人参を作りたいなあ。
お気に入りの小さなクッションがまた破れてきたので布をあてて補修する。前にも一度補修したもの。2個あって、1個の方はすでに全面的にカバーを作り直した。なぜここまでこれらを大事にするのか分からない。なぜだろう。

8月29日（月）

今日から3日間、窓の取り換え工事。そして私は同じ期間、仕事。つれづれノートの細かい根を詰める作業。31日までにやり終えたい。頑張ろう。

8月30日（火）

朝が涼しくなった。

早朝、ブランケット1枚では寒くて、羽毛布団を2階の押し入れに取りに行く。

昼間は仕事。短い時間にもちょこちょこ仕事する。

8月31日（水）

どうにか目途がついた。

昼前にちょこっと高校時代の同級生夫婦が庭を見に来た。庭造りをしているそうで、草の生えにくいバークチップや、小道を熱心に見ていた。

午後4時ごろからすごい雨。

台風が近づいているせいかな。湿度も高く、すっきりしない空模様。

仕事が終わって、「やったー！」とうれしい。ホッとする。
終わるまでなぜあんなに苦しいのだろう。
雨は降りやまない。空の色が奇妙なオレンジ色っぽくなってる。

赤とクリーム色の彼岸花

9月1日（木）

トラックが通ると家が揺れる件について。

「同じように水道工事で家が揺れるようになった人がいて2ヵ月後に直してもらったそう」と昨日の友人が言っていたのを思い出し、やはりまた市役所に言ってみようと思い、勇気を出して電話してみた。担当の方が外出中ということで、出た方に電話で説明をしておいた。


ムシムシした中、じゃがいもを畑に植え付けていたら、誰かが道のでっぱりを見ている。ふたり。

あ、市役所の人かも。

汗びっしょりのまま、近づいて、「さっき電話したものです…」と近くに行って、説明する。水道工事の業者と話してみますと言ってくれたので直してくれるかも。

9月2日（金）

台風がどんどん近づいている。蒸し暑く、空気がベタベタする。「直撃したら怖い」と昨日、サウナで話してる人がいた。もし強い勢力でこっちに来るなら畑の菊芋の台風対策をしなければ。3メートル以上も伸びているので。

天気がはっきりしないのでずっと家の中ですごす。

今日は一日、休養日にしよう。のんびりして、たらたらすごそう。

昨日、隣町の市場で手作り大福を買った。2個入り。なのに昨日は食べる気が起こらず、今日もそれほど食べたいと思わない。でも今日までと書いてあるので1個食べた。そして、もう1個は冷凍した。

買っても食べる気が起きないことがある。日持ちするものならいいけど生ものだと困る。果物は特に、食べたいと思うことがたまにしかない。食べたい！　と思う時間が短いのだ。たぶん、私が思うに、果物って本来貴重品なんだと思う。それぞれの旬の季節に年に1回か多くても3回ぐらい食べるようなもの。

そう考えると、果物だけでなく野菜だって似たようなものかもなあ。

9月3日（土）

今日も家にいた。

台風対策に菊芋を紐（ひも）で縛ろうと思い、紐を持って畑に行く。ぶわっと広がった菊芋。

風でゆらゆら揺れている。その様子を見て、「ひもで縛ったらかえって倒れやすくなりそう。このままゆれるに任せた方がいいかも」と思い、縛るのはやめた。

その後、やはり少しだけ縛ろうと思い、ゆるく縛る。


終日読書などしてすごす。

温泉に2時間、ゆっくりとリラックス。脱衣所で着替えて、帰ろうとしてカゴを裏返した瞬間、スイカのような味を感じた。

スイカ食べたい。

帰りにスーパーに寄ってスイカを買おう。

ひとつだけあった。大きなスイカを12等分したぐらいの大きさ。北海道産だ。

家に帰ってすぐに食べる。うーん。おいしい。食べたかったので満足。これからは、果物でも大福でも、食べたいと感じた時に買いに行こうかなと思った。


今、欲しいものがある。急に出てきた。

それは掛布団カバー。リネン刺繍（ししゅう）のコンフォーターケース。

最近、睡眠の質を高めようと試みて、敷布団のマットを工夫したり、寝ながらスマホをやめたりして、努力を重ねている。そうしている流れで布団まわりが気になっている。今使っている敷布団シーツとカバーは最近押し入れから探し出してきたもので色もバラバラ。敷布団シーツの黄色い花柄模様も好きじゃない。

欲しいと思っているリネン刺繍のは、シックで素敵。アイスグレーの生地にシルバーの刺繍。でもちょっと高い。欲しいけど、迷ってる。去年の春も欲しい毛布があってしばらく迷っていたら、いつの間にか欲しい気持ちがなくなっていた。今度もまたそうなるかもしれないので様子を見よう。そしてもうひとつの懸念は、麻、ってところ。私は麻の布がサラサラしていいと聞いて、４枚ほどフラットシーツを持っている。でも使っていない。なぜかというと私にはチクチクするから。どうも麻は私の肌には刺激が強いみたいだ。木綿の柔らかさが好き。なのでチクチクしたら嫌だなと、それも躊躇（ちゅうちょ）している理由。

9月4日（日）

庭の落ち葉を集める。

それから草取りも少し。カゴいっぱいになったら木の下にばらまく。３回いっぱいになった。

お昼ご飯を食べて、ちょっと昼寝。午後はごろごろ。

明日あさっては台風の影響で１００パーセント雨の予報。将棋もあるし、家にこもる予定。

「プロジェクト・ヘイル・メアリー」をやっと読みえた。ライアン・ゴズリング主演で映画化が決まっているそうなので楽しみ。ラストシーンの映像がありありと目に浮かぶ。

冷凍していたトマトがたまったのでトマトソース第3弾を作る。

9月5日（月）

雨が降ったりやんだり。

将棋を時々見ながら部屋の片づけ。

食べものを、食べたいと感じた時に買いに行って、食べたい量だけ買うというのはとてもいい気がする。食べものだけでなく他のものとも似たようなつき合い方をするなら、スーッスーッと魚が泳ぐようにスムーズに生きられるのではないか。魚のように自分が部屋を横切る様子がイメージできる。

9月6日（火）

昨夜は台風が西の海を北上したのですごい風だった。

朝起きて畑に見に行ったら背の高い野菜がバタバタ倒れている。

綿、オクラ、菊芋。綿と菊芋は簡単に紐で縛ったけど、オクラはもうあきらめてそのままにしておく。小雨が降っていてこれ以上濡（ぬ）れたくなかったし。


今日もずっと将棋観戦。服の整理をしたり、たまに庭を見回りながら。


さて、先月の6日から始めた無添加生活&禁酒&寝ながらスマホの禁止。1ヵ月たってどうなったか。

無添加生活はほぼできた。外食は1回で、ほぼ自炊。家にあった調味料のめんつゆ、ポン酢などに添加物が入っているものがあったぐらい。大福やケーキは素朴な手作りのものを買った。ほとんどストレスなく実行できた。ここにはデパ地下みたいな誘惑がほとんどないのでやりやすかった。

始める前の8月4日の夜に大黒風呂（ぶろ）の脱衣所にあった体重計で久しぶりに体重を量った。2年ぶりぐらいかもしれない。62キロだった。そして昨日の夜に量ったら、

59・8キロだった。う〜ん。体重が減ったのは驚き（すぐ元に戻った）。

寝ながらスマホの禁止は、良質な睡眠に貢献したと思う。今もまだ夜中に目が覚めることは多いけど、そこでスマホを見ないで他のことをして過ごしている。前よりよく眠れるようになった気がする。

で、これからどうするかだが、これからも続けようと思う。ゆるめに。

というのも、もし今これを終えたら8月頭のショックがふたたび蘇ってしまう。あのショックに対抗するために生活を変えることにしたのだから。やめたらショックが息を吹き返す。もうなんともないと思えるぐらいショックが小さくなるまでは続けたい。それしか私が救われる道はない。というか、もうひとつふたつ、苦しいチャレンジを増やしてもいいほどだ。

ホント毎日、気が晴れないわ。


服の整理では、1枚1枚着て、着にくいもの、小さく感じるものを思い切って捨てた。太ってしまって着にくくなったものが多いので捨てやすかった。それにしても、私の服の趣味って…。ちょっと変わったデザイン、不思議な模様のものがなぜか好きで、それが着にくさにもつながっていたと思う。首回りがスッキリしないとか、肩がずり落ちるとか、なんかそんなのばっかり。これからは少ない服を丁寧に着たい。

お正月の福袋に入っていた一度も着ていないジャケットなど今までずっと捨てられなかった服をたくさん捨てられたのは、気持ちが大きく変化したからだろう。

夜7時すぎ、藤井王位の勝利。これで王位3連覇、タイトル10期獲得となる。

9月7日（水）

台風一過でさわやかな秋空。

こんな清々しさはひさしぶり。麻のシーツやガーゼシーツを大量に洗って干し、畑に行って草刈りをした。たくさん動いて汗をかいたけど空気はさわやか。いいなあ。これこれ。

家に帰って、午後は家の中の作業。片付けも少しずつ進んでいる。

9月8日（木）

今日は曇りぎみの空。

ホームセンターに行って植え付け用のホーム玉ねぎとニンニクを買ってから、畑の作業を少しして残りは家にいた。

おだやかな秋の日。

温泉に行ったらすごく人が少なくて、後半はひとりだった。ひとりでサウナに入り、ひとりで水風呂に浸かり、ひとりで温泉に入った。あまりにもつまらないのでいつもより早めに出る。

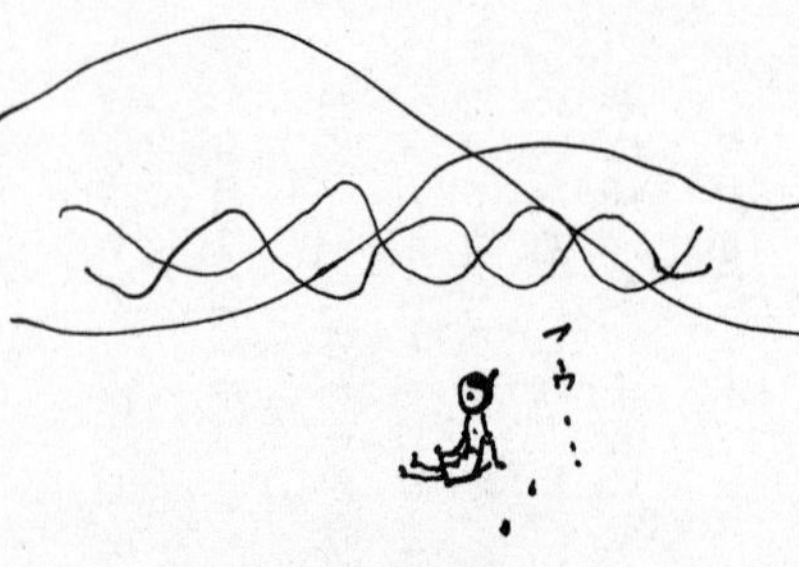

9月9日（金）

いい天気。今日も空気がさわやか。

早朝、畑の草刈りをしてホーム玉ねぎを植え付ける。

遅い朝食後、家でいろいろ。

私がどんなにファッションセンスがないかということを過去の対談記事の写真を参照して「静けさのほとり」で話したらうけた。こういう人がいたら近づきません、ってコメントに笑う。


何もやる気がしない。3つの本を作り終え、この夏はいろいろあって、今、やる気ゼロ。燃え尽きたかのようなパワーゼロ状態。こういう時は本当にやる気がでないので、ゼロ状態でただただやり過ごす。気も晴れないが、しょうがない。

どうしても人生には波があるのでね。

あまりにも退屈で、ヒマでヒマで死にそうだったのでじゃがいもを箱から取り出し、ポテトチップスを作ることにした。小さいフライパンで作ったので1時間半もかかった。味は、あまりおいしくなかった。作り方が悪かったのかも。家で育てたじゃがいもなんだけどね。じゃがいもの味がいまいち。

でも、時間はつぶせた。

外の空気はすばらしくいいのに気持ちは沈んでる。天気がよくても気持ちまでは変えられない。

9月10日（土）

今日も私の気分とは裏腹に空気はさわやか。

畑に出て、大根の種をうつうつとした気分で蒔（ま）く。青大根も蒔いた。綿の花がまだ咲いている。大きくて重い実がたくさんついてるなあ…と思いながら触っていたら、なんと！　実が割れて白い綿が見えている。ひとつ。最初の頃にできた実かな。

わあ。うれしい。去年は実がついたけど寒くなって綿ができるまではいかなかった。

最近、朝が冷え込み始めてから、夏風邪のような症状が続いている。コロナかもしれない。なのでできるだけ家で安静にしている。それもあってうつうつとしている。

昨日書いた、私が自分の服の趣味がとんでもないってことに気づいたのは、最近、書類の整理をしていて、以前に対談した雑誌の記事を見たからだった。それはアメリカのスピリチュアル系の本「リコネクション」を書かれたエリック・パールさんとの対談だった。その時に着ていた服がなんともちぐはぐで妙だったのだ。組み合わせの奇妙さ、素材と色のちぐはぐさ。先日、変な服を捨てられたのもそれを見たからだ。変な服を捨てられてよかった。


ああ。退屈で死にそう…。

退屈で死にそう…とつぶやいている猫のオブジェでも作ろうかなとひらめく。

退屈、退屈。最近、嫌なことしかないし…。

なんて思いながら、近くの市場に買い物に行って、桜蒸しパンと冷凍のピザを買ってきた。桜蒸しパンを2個食べたけど、まだ退屈。

こういう時は我慢するしかない。時が過ぎるのをじっと待つのだ。

シルバー・バーチの本を読み返していたら、「宇宙はすみずみまで法則によって支配されており、偶然とか奇跡とかは絶対に起こりません」と書いてあった。ふだんなら何とも思わないかもしれないこんな言葉も、大きな失敗をしたばかりの私にはとてもなぐさめになる。そうか、あの失敗は偶然でなく、なるべくしてなったのか。だったら気にすることないよね。自分がうっかりしていて失敗したと考えると、あの時ああすればよかった、こうすればよかったと、いつまでもくよくよ気にするけど、起こるべくして起こったと思えれば悔やむ気持ちもなくなるというもの。

時に応じて、自分をなぐさめる理由にできるこんな言葉はとてもありがたい。

それにしても悔しい。

あの失敗さえなければ、今頃まあまあ穏やかに、幸せに暮らしてるはずなのに…。

いや、そうでもないかな。あれがなくても今は特に幸せとは思ってないかも。人ってそうそう穏やかではいられないものだ。性格にもよるけど。

私は気難しいのでね。


夕方、温泉に行くと今日もまた人がいない。30分ほど、たったひとりでサウナと水風呂を行き来する。

でもなぜか今日は気持ちが沈まない。さっきの言葉の影響だろうか、平和な気持ちがする。うーん。不思議議。

「退屈…」って、私は昔からよく思っていたなあと思う。20代の頃も、10代の頃も。もしかすると、退屈…と思うのは私の基本的な心理状態なのかもしれない。これが基本で、たまに何か夢中になれることがある時はそれにいっとき集中する。そしてそれがなくなるとまた退屈を感じる。

退屈、退屈って思うのは今日の退屈が明日も続くと思うからだ。それはある意味、幸福なことだ。明日もっと悪いことが起こるかもしれないと思えば、今日の退屈をありがたく感じるだろう。退屈について深く考えてみたい。

そうこうするうちに人がたくさんやってきた。今日は土曜日か。十五夜だ。

気分がよくなったのでビールを飲んでみようかと思った。1カ月ぶり。どう感じるだろう。冷えた方がいいので冷えたのを売ってるお店に買いに行く。5本買って、すぐに飲んでみた。

苦い。なんだか苦く感じる。それでもクイクイとすぐに飲んで、2本目、3本目。3本飲み切る前にもういいやと思い、飲むのをやめた。やはり、飲まなくていいかも。

9月11日（日）

NHK杯で伊藤五段との対局。楽しく見る。

くだものをたくさん買ってきた。ぶどう3種類、栗、梨、柿。柿はゴマがたくさん入ってる硬い柿。

栗は夜に栗だけの栗きんとんを作る。1時間ぐらい茹でて、半分に切ってスプーンで中身をほじり出す。大鍋いっぱいになった。こんなに食べたくない。が、しょうがない。砂糖を入れて、混ぜる。おいしいのかおいしくないのかわからなかった。

9月12日（月）

朝、畑に出て、ゆるゆると種を蒔く。

カブや水菜。まだやる気がでないので、ゆっくり。

今日は順位戦。長丁場なのでパソコンで見ながら昨日の栗きんとんの続き。

ザルで濾して、バターやシナモンを入れてみた。

うーん。おいしいかどうか…。そういえば栗自体があまりおいしくなかった気がする。茹でたのをすぐに食べた時、おいしいと思わなかった。ずっと前に買った栗は茹でてすぐに食べた時、すごくおいしいと思ったのに。栗もそれぞれなんだなあ。

とにかく小分けして、冷凍しとこう。四角いのが24個できた。これを食べ切れるだろうか。こんなには食べたくない…。

やはり買う量が多すぎるんだ！　そうだ。50個ぐらいあったような気がする。20個。20個ぐらいがちょうどいいのに。これからは多すぎたら買わないようにしよう。買う時にこの量で本当に大丈夫かとちゃんと考えたい。

まだまだうっかりすることが多い。

「退屈…」とつぶやく猫の絵を描いた。切り抜いて写真を撮ろう。次のつれづれノートのカバーにしたい。

庭に出てみると、とてもすがすがしい。黄色いコスモスの中で退屈猫を撮る。かわいい。一瞬だけ、気分が軽くなった。

光は秋の輝きだ。

将棋を見ながらリビングの窓のレールを掃除して、ガラスを4枚磨いた。

退屈について。

考えてみると…、私は子供のころから退屈退屈と思っていた。たまに何かに集中して熱中するけど、それが終わったらまたすぐに退屈になっていた。10代も20代もそうだった。子育ての時期だけはいろいろとやることがあったが、その子育てが終わったので、また元の私の時間に戻ったのだろう。

基本が退屈なんだ。これが私の人生なんだ。そう考えると、それを退屈と呼ばなければ退屈ではないのかもしれない。

いつも何か夢中になれることを探していて、それがないとこういう気持ちになるのだろう。

9月13日（火）

プラごみを捨てに行ったら、昨日出した燃えるゴミが残っていた。貼り紙がついていて「カーテン類は50センチ以内に切ってください」というところに丸がつけてある。しまった。カーテンの一部なのだが、それでも50センチ以上の大きさだ。あわてて持って帰って、ガレージで細かく切る。

それから畑に行って、枯れたトマトを一部、片づけることにした。細かく切って地面に敷く。

おつかれ様〜。

コツコツ作業していたら、道行く見知らぬ方から「おはようございます」と挨拶(あいさつ)されたので挨拶を返す。

しばらくじっと考えて、思った。

私は、この地球上のどこにも住みたい場所はなかった。

そしてすごく好きだと思った人もいなかった。

都会も田舎も、東京も宮崎も、特に好きなわけじゃない。

ここにいるけど、ここにいながらここに触れずに生きている。

「この世をこの世に触れずに歩く」、「この世を旅する者であれ。この世の者となるなかれ」という好きな言葉をまた思い出した。


さつま芋の茎をきんぴらにするとおいしいと聞いたので、このあいだ試しに少し採って作ってみたら本当においしかった。シャキシャキして。これはいいと思った。

という話を昨日サウナで水玉さんにしたら、食べてみたいけどさつま芋を植えてないと言うのでさつま芋の茎を持って行ってあげることにした。

「5本でいい」というので、「すごく小さくなるよ。私は15本ぐらいで作ったから、20本持ってくる。

行く前に自分でもう一度作ってみた。今度は鶏肉も入れて、みりんやお酒も入れたら煮汁の多い煮物みたいになってしまった。さつま芋の茎が柔らかくなりすぎた。最初食べた時のおいしさがない。

うう。失敗した。

でも、さつま芋の茎をぶらぶら下げて温泉へ。水玉さんにさっきの失敗談も話して渡す。

水風呂(みずぶろ)で、サウナ好きのミニママという年下の女の子と挨拶について話す。温泉で毎日、人々に、「さよなら〜」「お先に〜」「ごゆっくり〜」「お疲れさま〜」とか挨拶するけど、なにかもっといい言葉はないだろうかと私は長く考えていた。もっと明るくて、急に楽しくなるような挨拶はないか。

「ピョンピョコピョ〜ンはどう?」

「うーん」とリョウちゃんも考えてる。

今日はいいのが浮かばなかったのでとりあえずリョウちゃんには最後に「ピョンピョコピョ〜ン」と言っておいた。

9月14日(水)

今日も朝早く、静かな沈んだ気持ちで野菜の種を蒔(ま)く。

かつお菜、小松菜、など。

それから洗濯して、うどんを食べて、家の中で過ごす。

だんだん秋の気配が深まっていく。

強風が吹いていた。

見ると、育苗トレイがひっくり返っているではないか。出始めたばかりのキャベツと白菜の双葉が逆さまに！

おお。あわててトレイに戻したけど葉が傷ついてる。次に、金ゴマを入れたカップもひっくり返ってゴマが飛び散ってた。残念。でもゴマはまだこれからたくさん採れるからいいか。

栗きんとんを今日も食べる。生クリームを上にかけたらおいしそう。何かないかな。クリームっぽいもの。コンデンスミルクがあった。栗きんとんの上にたらしてみる。けっこうおいしかった。

今日は退屈を感じなかった。なぜだろう…。

洗濯を2回して、何をしてもすぐに飽きるので5分ぐらいで次々とやることを変えていった。読書、ヨガ、片付け、洗濯物干し、庭の木の剪定（せんてい）、などを小刻みに。

ずっとおだやかな気分だった。今日はよかった。

また思いついた。やりたくないけど習慣にしたらよさそうなこと。

それはヨガ。今日、ちょっとだけやってみて、前によくヨガクラスに行っていたことを思い出し、ひとりで毎日1時間ほどやったらとてもいいだろうと思った。でも、やりたくない。でも、よさそう。

うーん。

ヨガを毎日の習慣にできたら自分的にはすごいのだが。

うーん。

まずやりたいのだけを少しずつやってみようか。軽い前屈やゆるい体伸ばしから。ダウンドッグとかは苦しいから最初はやらないでおいて…。

だんだん思い出してきた。ヨガのこと。頭を床につけた3点倒立が得意だったこと。やってみようか。できそうな壁があるかな。何もない壁。

あんまりないな。サンキャッチャーを飾ってる40センチ幅ぐらいのあの場所ならいいかも。

頭の下に薄い座布団を敷いてやってみた。どうにかできたけど、苦しい。体が忘れてる。これも前のようにできるようになりたい。前は、30分以上もできたっけ。

9月15日（木）

台風が近づいているせいで風が強い。

今朝早く目が覚めたのでベッドの中でいろいろ考えた。

これから数年、数十年、日本も世界も今までの価値観がひっくり返る混迷する時代が続くだろう。お金の価値も変化するだろうから、それに翻弄されないためにできるだけお金に頼らないよう生活を、この2年実践してきた。

これからの混迷期の嵐をどのようにやりすごすか。

どのように残りの人生をすごすか。

毎日をやることで埋めなくてはならない。自分でできることで。

家の片づけ、庭の手入れ、畑の作業、温泉リラックスタイム。まだまだ私の1日の時間はたくさん空いてる。

ヨガを1時間やるか…。心と体を静める時間。何ものにもゆり動かされない時間。

好きなやることがあって、それらで忙しい毎日。

日々、やるべきことがある。それによって支えられる。私を支えてくれるルーティン。

世の中がどうなってもいちいち翻弄されない。自分は落ち着いてやるべきことを淡々とやりながら過ごす。そんな一日を作り上げたい。

で、ここで、ごそごそ起き出して、紙と鉛筆を取ってきた。
紙に、一日の時間割を書いてみる。
家の掃除・片づけなど　１ｈ
庭の手入れ　１ｈ
ヨガ　１ｈ
温泉タイム　２ｈ
仕事　１ｈ
食事関連　３ｈ
畑作業　１ｈ
睡眠　８ｈ
これで計18ｈ
残り６ｈか。
夕食後の３ｈは自由時間にしよう。
そして、読書や買い物などイレギュラーなことに３ｈ
計24ｈ

これもすぐに忘れたわ　書いたことすら

いいね。

まずはこれで、みっちり充実感、充足感を覚える日々を形作りたい。

2度寝して、夢など見てのんびり起床。夢を見られてよかった。リフレッシュできるから。

畑で種を蒔いていたら小雨が降ってきたので家に戻る。

それから最近山の方の集落にUターンしてきた同級生夫婦の家を見に行く。空き家バンクで探したというその家は、庭が広くて手入れが大変と言っていた。庭先輩を紹介したい。今度一緒に行こう、と言ったらぜひと言う。

庭を一周して木や植物を見せてもらう。私の好きないい匂いのする木があった。ニオイバンマツリ。それからジンジャーリリーも咲いていた。

「これ、好きな花！　何度植えても育たないの」

たくさんあるから今度球根を分けてくれるって。わあ。うれしい。一番いいところに植えよう。前は大きなヤマモモの木の下に植えたんだけど花は咲かなかった。日陰だからかなあ。

家に帰ってお昼に冷凍ピザの4分の1を温める。トッピングにしようと畑のバジルを採りに行く。バジルがわさわさと茂っているけど使うのはいつもほんのぽっちり。

9月16日（金）

台風が近づいている。

しばらく外に出なくてもいいように肉などを買いに行く。

赤とクリーム色の彼岸花がきれいに咲いている場所を教えてもらったので帰りにそこに寄って写真を撮った。それからガソリンが少なくなっていたことを思い出し、ガソリンも入れた。


ヨガのことを考える。

1回、5分でもいいから気が向いた時に小刻みにやろうか。リビングにヨガマットを敷いて、ちょいちょいやってみよう。

近くの店で見かけて買った数百円のヨガマットを押し入れから引っ張り出す。ヨガの体験クラスに行こうかと考えていた時に買ったもの。水色でぷかぷかしてる。どうも気に入らない。これを部屋に敷いてもなんだかやる気が出ない。好きな色のマットを買おうかなあ…。

夕方、温泉へ。

最近いつも人が少ない。サウナにはいつもの3人。浴場にはだれもいない。

夕焼けがきれいだ。水色の空にオレンジ色の雲。空は全体にオレンジ色。変な色。

台風のせいか。

帰りに、「台風で温泉はお休みになりますか？」とアケミちゃんに聞いたら、「ここは年中無休です～。なにがあっても開けますよ」と力強く。

9月17日（土）

朝から有線放送で台風のことなど。かなり大きな台風みたい。

私も畑に行って野菜を少し採ってくる。台風でゴマや菊芋が倒れるかもなあ。

午前中は小雨。風もない。やけに静かでかえって不気味。道を通る車も少ない。

今日から3日間は私も台風対応。家の中にいる。なんだか緊張する。植木鉢と洗濯物干しを飛ばされないように移動した。

昼になっても空は暗い。

　窓から見える景色で1カ所だけ、気に入らない場所がある。母屋と仕事部屋をつなぐ渡り廊下から見える壁だ。そこだけ壁一色にみえる。近くに酔芙蓉（すいふよう）などいくつかの木を植えているけどまだ大きくなっていない。壁が気になる…。
で、考えた。壁にツタをはわせよう。フィカス・プミラがあるのでその一部を移植してみよう。それからカニ草がきれいだから、それも移植したい。カニ草は強い植物だけど移植が難しい。いったんポットに植え替えて根を育てようか。
ということで、昨日、フィカス・プミラとカニ草をポットに移植した。成功したらいいなあ。

ヨガマットを注文した。裏と表で色が違うやつでモスグリーンと土っぽい色。この部屋にもよく合ってる。届くのがとても楽しみ。やはり好きなマットでテンションをあげて、ぜひとも頑張りたい。

栗きんとんを毎日1個食べている。だんだんおいしくできるようになってきた。解凍して、コンデンスミルクをクルクル混ぜて、レンジで1分、水分を飛ばす。その日の気分で和菓子風や富士山型に形を作って、食べる。おいしい。

温泉へ。
アケミちゃんが、やはり明日(あした)はお休みになるかもって。それだけ大きな台風なのだ。

9月18日（日）

明け方から風が強くなってきた。

朝起きてすぐに庭と畑の見回り。庭の枯れていたヒメシャラの木がボッキリ折れていた。畑では天板が飛ばされないように草たい肥枠の中に落とし込む。

時々雨雲レーダーを見ながら台風の位置をチェック。台風の目は今、屋久島の近く。今夜から明日の朝にかけてこの辺りに最接近する。少し西側を北上するというかなり厳しいコースになりそう。

家の中を、1階、2階とぐるぐる回って窓から外の様子をじっと見たり、落ち着かない。


今は夜の7時半。

台風はさっき鹿児島市付近に上陸した。風がますます強くなったのでブラインドをすべて下ろした。明日の朝までひたすら時がすぎるのを待つ。

窓から離れて、というのでできるだけ窓から離れる。

9月19日（月）

夜じゅう風が強く吹いていた。

時々家の外で変な音がした。何の音かわからなかった。

朝、明るくなったのでそっと外を見る。風はまだ吹いているけどだんだん弱まってきている気がする。

ブラインドを開けながら外の様子を見る。

大きな変化はない。木の葉が乱れ飛んでいる。

午後まで雨が降りそうなのでおとなしく家にいよう。

意外に人の多かった温泉では台風の話でもちきり。長時間停電した家が多かったようで、夜7時ごろから朝まで停電してたと言ってる人がいた。

9月20日（火）

台風一過。きれいな青空。

すがすがしい空気。

畑の作業。

倒れた菊芋や金ごまを可能な限り立てるが、途中で茎が折れているのもあり、葉っぱはボロボロ。里芋の葉もボロボロ。

庭の作業。

落ちた葉を集めたり、草の手入れ。

そうこうしていたら、台風で滞っていた荷物がいっぺんに届く。ずっと欲しかったラフマのリクライニングチェア、モスグリーン色のヨガマット、椅子の脚に被せてキズや音を防止するやつ。

リクライニングチェアに座って座面をグーンと寝かせたり起こしたりしてみたら、やはりよかった。外で使う予定だけど室内でもいい感じ。


温泉に行く。

大きな銀杏(いちょう)の木から銀杏(ぎんなん)が落ちて黄色い絨毯(じゅうたん)みたい。近づいて見ると銀杏の種が飛び出して乾いているのがあった。これだったらすぐに食べられると思い、20個ほど拾う。ここの銀杏、去年も拾った覚えがある。今年はやけに実が細いなあ。

サウナでその話をしたら、「銀杏の木は2本あって奥の方の木は実が丸いよ」と教えてくれたので、帰りに数個、その丸い方も拾った。確かに丸かった。味比べしよう。

家に帰って洗濯物を出したり温泉バッグを所定の位置にかけたりなど一連の行動後、さあ、ビールのつまみに銀杏を電子レンジで炒(い)ろう、と思い(お酒は数日前に解禁)、

8/5 ダグリ岬海水浴場

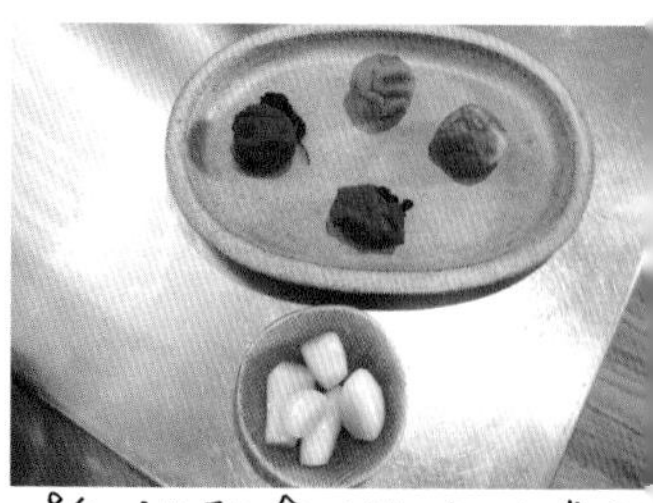

8/3 うめ干し食べ比べ、らっきょう

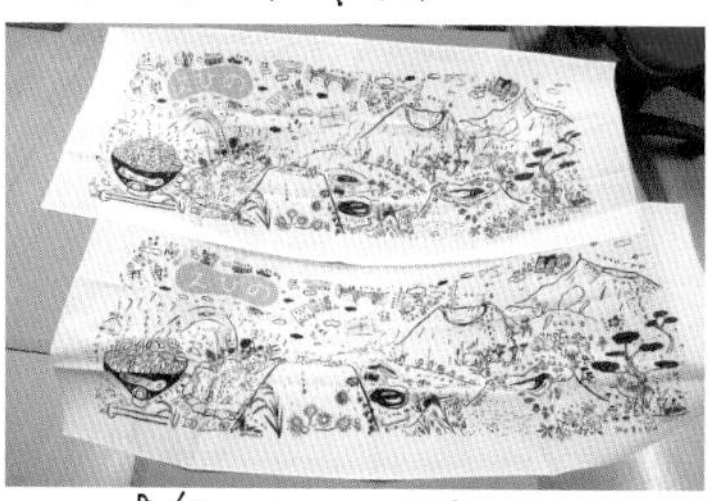

8/8 手ぬぐい完成！

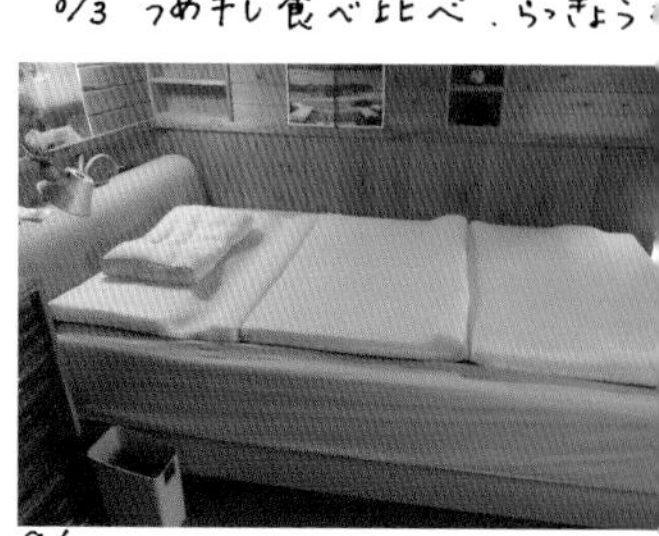

8/7 マット製作、枕はダメだ

大黒様の絵

8/10 赤いモーウィが3本も

おいしいのができた

8/20 冷凍トマトを煮つめる

8/18 こぶたサイコ

8/22 原画を手に

円形陳列台できた

8月下旬の畑

8/28 チクチクとつくろったクッション2個

/9 ファッションセンスがない私

9/7 シーツを大量に洗う

グリーンのヨガマット

水色のヨガマット

2色のじゃがいもで作ったポテチ、これはgood!

コンデンスミルク

栗きんとん

栗100%

いろいろな形で

キューブ状

ちゃきんしぼり

9/22 お米、こぼした….

フレッシュ！

9/20 台風で落ちた銀

10/3 売り場設置完了！

9/24 大澤くん 木崎さん、ひさしぶり〜

10/9 落花生、今年もできました

10/7 ゴマの選別 くたくた…

/18 気ままに歩いてくる保育園軍団

10/15 朝食 トースト・スープ、紅妃

/26 ピンちゃんちの庭、大作業

10/24 枕木の補修

10/29 家の中から見えた三日月、ちっちゃい…

11/11　煮干しを空焼き

11/4　ついにパジャマのひざも破れ

タタミにサンキャッチャーの光が！

11/17　コタツを出す

作ってもらった木のオブジェ（えんぴつ立て）

11/18　真ちゅうの丸い輪に干し柿をつる

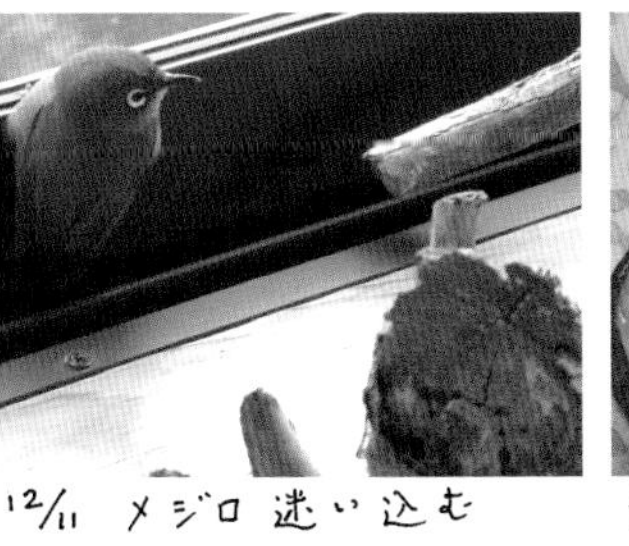

12/11　メジロ迷い込む

最近こってるしいたけのマヨネーズ焼

のキャベツで焼きそば、手作り紅しょうが

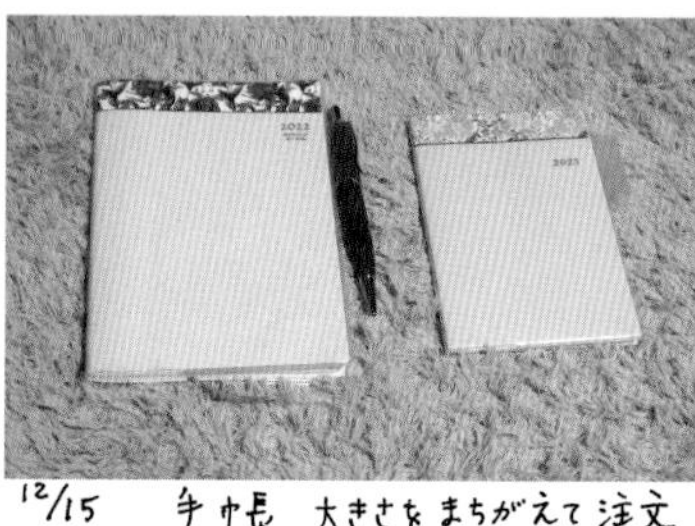

12/15　手帳、大きさをまちがえて注文

バラの絵をかいた

12/16　いちじくのせん定と誘引

2/27　里芋、じゃがいも、大根、セイロむし

12/26　綿花収穫、青空に白がはえる

カラスミ大根

1/1　お正月、ラインで明けましておめでとう

1/3　ひっくりかえった根っこを　ぼうぜんとながめる２人

1/4　レトロな嘉例川駅の前で。

7　レモンピールとバナナチップのチョコがけ

1/6 サクとラーメン食べにいく

1/13　顔バッグ、なんで…

1/10　じゃがいも黒こげ…

1/25　畑にも雪が

1/15　かきグラタン

近ごろよく作るサラダ(色がきれい)

1/28 薪ストーブで焼きいも(失敗)

銀杏を入れたビニール袋を探す。

が、ない。

ないはずはないが…。

おかしい。確かにお風呂バッグに入れたはず。車の中かな？　まさかと思いながら探しに行く。助手席側から覗くと座席にも床にもなかった。また家に戻って、あちこち探す。それでもない。おかしい。もう一度車を見に行く。今度は運転席側から見てみた。やはりない。床にもない。

うーん。不思議…。ないはずはないんだが。

まさか温泉の駐車場に落としたのだろうか。まさか。確実に車の運転席に座って、ビニール袋をお風呂バッグから取り出して、その中に丸いのを追加したのだ。

でも、家にないので気になって、温泉へとふたたび向かった。もう真っ暗だ。温泉の駐車場の車を停めた場所に行くと、なにも落ちていない。2度、回ってみたけどない。

家に帰って、動いた場所をもう一度探す。どこにもなかった。

台所でふと目を上げたら、薪ストーブの上にビニール袋が！

なんで？

そうか。発酵ジュースの泡が白く立っていたので、発酵が強まったのかな、腐ってきたのかなと思ってあわててかき混ぜたんだった。その時に…。なーんだ。アハハ、温泉まで行って。いつもの一連の流れの中になかったので見落としてた。すぐに電子レンジで炒って食べた。緑色がきれいで、もちもちしていてとてもおいしかった。

9月21日（水）

朝。涼しい。肌寒いほど。

今日は仕事。つれづれノート㊷の再チェック。間違った手書き文字を書き直したり、あとがきを書く。台風で届いたのが遅かったので急いだほうがいいと思い、すぐに出しに行く。

ついでに玉子を買いに出水観音へ。この近くに玉子農家があって、産みたての玉子8個100円の無人販売機があると聞いたので、この辺かなあと行ってみたらあった。大きさはバラバラだったけど、買えてうれしい。

そのまま出水観音の先の方へと進む。大きな道に合流するはずなので。でもだんだん細い山道になって行き、杉並木から枝や葉がたくさん落ちていた。

まずい。車で進むとバリバリ音がする。この道、進めるのかな？　途中で通行止めになったらどうしよう…。枝で車に傷がつくかも…。不安に思いながらゆっくりと進んだ。もしUターンすることになったらどうしよう。どこかに広くなってるところがあるだろうか…。

先の方に車が停まっていて、折れた木を処理しているおじさんたちがいた。「この先は通れますか?」と聞いたら、「通れるよ」というのでホッとした。

台風のあとに山道を通るのは注意、注意。


畑に出て、ほうれん草の種を蒔く。最近蒔いた野菜の種を見ると、芽が出ているのもあるけど、出てないのもある。台風で流されちゃったのかなあ。

9月22日(木)

おととい、床に座って、冷蔵庫の野菜室からお米を炊飯器の内釜に量って入れている時、計量カップの端っこが冷蔵庫に当たってザッとお米が床にこぼれた。

きゃあ~。

お米を一粒一粒、指で紙の上に拾い集める。さすがに最後は手で寄せて集めた。気をつけなくては。

で、今日。さっきだ。

昼のご飯を炊こうと思い、内釜に2合、お米を入れてシンク脇に置いた。それからしょう油までこぼれた!!

なぜか急に、お米をとぐ前に、
カボチャを1cm角ぐらいに、ゴンゴン
切っていたら、

不安定なところに
おいていた内釜に
ひじがあたって
バーン"

2合の
お米が
床に
ちらばった!!

ギャー　かなしー

カボチャのスープを作ろうとして細かく切っていたら、ひじが内釜に当たってバーンと床に落ちた。

きゃあ〜。またやってしまった。

今度は2合分のお米が床いっぱいに広がってる。

あ〜あ。

ほうきを持ってきて掃き集める。それから板のすき間のお米を掃除機で吸い取ろうとしたけどできなかったので、爪楊枝でひとつひとつ取り出す。

完了まで30分ぐらいかかってしまった。気をつけなくては。

9月23日（金）

明日、福岡で、アレンジャーの大村雅朗さんのメモリアルスーパーライブがある。ゲストに大澤誉志幸さんが出るということで、招待されたので夕方、飛行機で移動。鹿児島から福岡まで50分。飛行機は小さなプロペラ機だった。ちょっと怖かったけど、下を見たら海沿いに田んぼが広がっていて、ペラッと平らだったので、山の田んぼとは違うなあと思いながら見ていたらあっという間に着いた。

タクシーでホテルへ。温泉のあるドーミーイン。

夕食のお寿司をつきあってくれるという人がいたので急ぐ。

私が選んだそのお店のお寿司はあまりおいしいとは思えなかったけど、その代わりにゆっくり話せたのでかえってよかったかもしれない。あまりにも職人気質だったりおいしすぎたりすると、カウンターでは緊張して話せないことがまままある。

9月24日（土）

午前中はぶらぶらキャナルシティのお店を見て、午後、会場のキャナルシティ劇場へ。リハーサルから見学する。音楽プロデューサーの木崎さんもトークゲストで来ているのでうれしい。エレベーターから降りる時に作詞家の松本隆さんとすれ違ったので、「松本さーん」と声をかける。「ああ、銀色…」といつもの静かなトーン。

木崎さんの控室にいたら槇原敬之くんが挨拶に来た。私はお会いするのは初めてなので、紹介してくれた。時々話を聞いていたので初めて会う気がしない。

ライブ後、大澤さんの楽屋で木崎さんたちとしばらく雑談。大澤さんが「地方をまわるツアーに遊びにおいでよ。楽しいよ」とまた言ってた。会うたびにそう言うので本当に楽しいんだろうなあ。

短時間にいろいろインプットすることが多く、消化しきれない。

温泉に入ってゆっくり疲れをいやす。

9月25日（日）

今日帰るんだけど、時間がたっぷりある。飛行機の時間まで6時間もヒマだわ…と思いながら朝ぶろにゆるゆる入る。

外が見えない露天風呂の椅子に腰かけて、じっと考える。時間をつぶす、なんて嫌だなあ。ジリジリする。早く空港に行ってお土産見たりしよう。

さあ、出発。

荷物を宅配便に頼んだら身軽になった。タクシーで空港へ。近いからいい。

お土産をザッと下見して、お昼を食べに行く。

ラーメン滑走路というラーメン屋が並ぶ通りを歩いたらガヤガヤしていた。落ち着かない雰囲気。ここでひとりでラーメン食べたくないなあと思い、すぐに通り過ぎる。

お寿司屋があったので、おとといのリベンジだと思い、入る。地の魚セットと生ビールを頼む。静かな場所に案内されたのでよかった。ひとりでゆっくりビールを飲んで、ほっとする。はあ〜。いいね。

地の魚セットが来た。よく考えたら地のものって赤身や白身のお魚が多い。特上セットにすればよかった…とチラリと思う。

それから、パパッといくつかお土産を買って、予定していたマッサージへ。ヘッドとフットを30分ずつ、計1時間。担当は男性。あっ、と思ったけどしょうがない。女性がよかったなあ。

施術もメリハリがなくて下手だった。そして肩からデコルテへ進んだけど、胸の上の辺りを触られるのがすごく嫌だった。そこはいいですと何度断ろうと思ったか。次からは絶対に女性を指定したい。失敗した。

フットの時は気持ちよくて寝てしまった。足だけでもよかったなあ。

また小さな飛行機に乗って、帰宅。ああ、疲れた。しばらく思い出して整理する時間が必要。

9月26日（月）

歯医者に行って、クリーニングの続き。しばらく間が空いてしまった。午後、都城へひとっ走り。用事を済ます。

9月27日（火）

今日は朝から雨。

なのでホームセンターに行って板を買う。またグッズの陳列台を作るのだ。

考え始めると止まらなくなる。設計図を書いて、必要なものをメモして、買いに行って、コツコツ作業する。

ボンド、両面テープ、テープ剝(は)がしなどを買ったけど、あわてていて家にあるものまで買ってしまった（レンチ）。

一日かけて、夜中に完成。楽しい。本当に時間を忘れるとはこのこと。食事も忘れて、お昼を3時ごろ食べた。

9月28日（水）

今日は朝から晴れ。

洗濯機を2回まわして洗濯物をたくさん干す。

それから畑に出て、白菜の苗を移植したり、ゴマを収穫したり、じゃがいもの芽かきをしたり、落花生を一部収穫したり、いろいろやることが多い。

綿の実が割れて白い綿がふかふか。今年はたくさんできた。

午後は家で仕事。細かい作業が溜(た)まってる。

サクがコロナにかかったあと、「サク、保険に入ってたっけ？」と聞いてきた。「入ってないよ」と答えたら残念そうだった。保険でたくさんお金をもらった友だちがいるとかで。その後しばらくして、「おっかあ、保険に入ってる？　家族でもいいんだって」と聞いてきた。「入ってないよ」と答えた。

よっぽど残念だったんだなあ。保険のこと、何度も聞いてきてたわ。

で、カーカもかかったことだし、「ママからコロナ給付金あげようか？　家族給付金」。

ペイペイを使って送ろうと、本人確認の申請をしようとしたら画像を何度送ってもダメで、あきらめかけた3回目でやっと申請ができた。送金もまた登録が必要というので、あまりにも疲れたから後日にまわす。

サウナで最近よく話すミニママがエクステで目が充血した～と言う。何年も大丈夫だったのに～。しばらく市販の薬で様子を見たけどよくならないので今日病院に行ったら先生に「もっと早く来なさい」って怒られたって。もうすぐ幼馴染（おさななじみ）と温泉旅行なのに充血した目で行くなんて、とがっかりしていた。

9月29日（木）

今日はUターン夫婦を庭先輩に紹介する日。

午後、迎えに行ったら、先日の台風の後始末の時にご主人が腰を悪くしたそうで今日は行けなくなったって。見た目は元気そうだったけど椅子に座れないんだって。あら残念。でもいつかまたぜひ。ということでふたりで出発。

このご夫妻。ご主人は龍を見たことがあるという霊感の強い方。妻は霊感はないけどひらめきや直感がすごい。ひらめきさんと仮に呼ぼう。私はこのひらめきさんの直感的なひとことひとことを昔からとても信頼して耳を傾けていた。見た目もしんなりとした和の雰囲気。

気楽な仲なのでいろいろしゃべりながらドライブする。

途中、ヒマワリの種を取っている畑があった。ところどころのヒマワリに袋がかけてある。立ち枯れたまま並ぶヒマワリがあまりにもかわいくて、私は写真を撮ったあと、しばらくそこから離れられなかった。

庭先輩の家に着き、庭をぐるりとみせてもらってからお家に入ってお茶を飲む。このお家がすばらしく素敵なのだ。小ぢんまりとしていて木造りで。家具や建具は御主人のお手製。私はここに来るといつも絵本の世界に紛れ込んだような気分になる。

こんどランチを食べに行こうと話す。もうひとつの私の大好きな庭、アート作品のようなコンクリートの庭も紹介したい。

ひらめきさんが先日、犬の散歩で田んぼ道を歩いていたら、遺跡の発掘作業をしている一角があったそう。その横を通ったとき、「あ、私と○○さんは（私のこと）昔この辺にいたんだわ」とひらめいたそう。古墳時代みたいなずっとずっと昔。

へえ〜。私はとてもおもしろく感じ、その話を3回もしてもらった。最後には、ひらめきさんの家の近くの私の好きな田の神さあのある公民館に行って、そこから遠くに見える白いテントを見せてもらった。

「発掘してるのって、あのテントのところだよ」

「長い人生をそれぞれにいろいろ経験して、最後に仲間たちがここに集結し始めたのかも」

夫の霊感くんは数年前から「お金に頼らない暮らしをしたい」と言い出し、定年を待たずに辞めてきたそう。そしてこのあたりの川釣りの免許証も買ったって。

私も「お金に振り回されない生き方をしよう」と思って野菜作りを始めたので、似たようなこと考えてるなと思った。方向が一緒。

サウナに行ったらミニママがいて、充血がすこしよくなったそう。

「よかったね。温泉旅行」

「やっぱ、医者だわ〜」とうれしそうだった。

9月30日（金）

いい天気。

連日、陳列台を作る木工作業。こういう作業大好き。なので夜中も目が覚めると一生懸命に続きをやってしまうので寝不足気味。イレギュラーな時間に寝たり食べたりしてる。昨夜は1時に寝て、3時に目が覚め、パッキリ目覚めてしまい、そのままた作業の続きを朝まで。10時ごろちょっと眠った。

「幸せは不幸な顔してやってくる」ということわざがあるそうだ。深いね。

不幸は幸せな顔してやってくる、はどうだ？

こっちは怖いね。

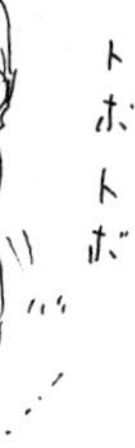

小物作り素材の小さなひょうたんを探したけどいいのがなかったので来年自分で育てようかな…と思った。で、種を購入。千成(せんなり)ひょうたん。楽しみ。

夜。ペイペイの友だち登録ができたので、カーカとサクにママからコロナ家族給付金を少し送っといた。喜んでた。

10月

温泉に行くときにいつも見る顔にみえる建物

10月1日（土）

すばらしくいい天気。

暑い。札幌はこの時季に異例の30度だそう。

あさっての月曜日にグッズ棚を移動することにしたので道の駅に行って事前準備。

動かさなくていい自分だけの場所ができるのがとてもうれしい。今までは間借りだったので時々移動されていて、自由に作り込むことができなかった。これからはできる。

今度の場所は、ガラスの仕切りの前の奥行き20センチの場所。幅は130センチ。

今は何も置いてなくて貼り紙がいくつか貼ってある。それを左のガラスに移動して使っていいって。「どこか空いてる場所ありませんか？」と聞いた時に道の駅の駅長さんが「ここなら…」と私に指し示してくれた。すごくうれしい。

ヤッター！　と思ったよ。

その奥行き20センチの場所を好きな世界に作り込みたい。それで興奮してて連日寝不足気味。

畑ではほうれん草の芽が出ていた。高菜や小松菜も。人参はほんのぽっちりしか出ていない。

落花生を少しずつ掘っていこう。最初に掘ったのを茹(ゆ)でて食べたらおいしかった。里芋ももういい頃。菊芋もたぶん。さつま芋はもう少ししてからにしよう。秋は芋類がたくさん。

ゴマは刈り取ってボウルに入れて干しているが、どうだろう。うまくできるかなあ。このあとの選別や掃除の作業がとても大変そう。


家での作業のあとに畑に行ってつる菜を収穫していたら、近くの体育館の脇に赤いジャージを着た中学生男子が休憩していた。何かの練習試合があるみたい。たわいもないことですごく笑ってる。中学生かあ…と過去に思いをはせる。

つる菜から空心菜に移動して、少しずつハサミで刈り取る。きれいなところだけ。そして採りすぎないように…。お昼に空心菜を炒(いた)めて、夜はつる菜のお浸し。

位置を変えるためにいったん立ち上がったら、「コンニチハー!」と遠くから大きな声。

え? と思って振り返ったら、さっきのジャージの子たちがこっちを向いて直立して次々と頭を下げてる。

私もどぎまぎしながら、「コンニチハ〜」と大きく挨拶(あいさつ)する。よそに練習試合に行ったら、そこの方々に挨拶をしなさいと教育されているのだろう。ちょっと緊張した。

さつま芋をひとつだけ掘ってみた。けっこう大きくなっていたのでもう掘ってもいいかも。


栗きんとん。工夫してたらだんだんおいしくなってきた。解凍して生クリームを少し混ぜてレンジでチンするとまろやかになっておいしい。


いつもの温泉へ。

サウナに入ったら、ミニママがひとり、じっくりと汗を流していた。ミニママは飲み屋をやってたけどコロナやいろいろで、今月いっぱいでいったんお店をやめることにしたのだった。昨日が最終日。

「どうだった？　最後の日」

「うん。スッキリしたわ。でもアドレナリンが出てたのか朝まで眠れずにちょこちょこ作業してた。今日はおよばれで、これから居酒屋。しんどいけどがんばってくる」

とサウナから出て行った。

「がんばってね〜」

しばらくして水風呂に行ったら水が出る蛇口の下に体を入れて目をつぶってぽわ〜

っとしているミニママを発見。音もなくひっそりと。まるで沼に棲息する両生類のようだった。

「びっくりした～。風景にとけこんでたよ」

パシッ、パシッ、と2回ほど頬を叩いて、気合を入れて帰って行ったミニママ。

がんばれ～。

10月2日（日）

今日もすごいい天気。

朝、畑に行って残っていたゴマの茎を切る。それからさつま芋を5つほど掘り起こす。シルクスイートと紅はるかを植えたはずなんだけど境目がわからなくなってしまった。

昨日のジャージの中学生たちがまた来てる。そして、さつま芋をコツコツ掘っている私を見つけてまた挨拶してくれた。バスケットボールを持っていたので、「バスケット？」と聞いたら、「ハイ！」って。

さつま芋を乾かすためにしばらく畑に置いておく。午後、取りに来よう。

さつま芋の茎のきれいなのがあったので、またいくつか採っていく。

台風の影響で道の駅に葉物野菜があまりないと水玉さんが言っていたのを思い出した。野菜が全般的に高いんだって。私の畑には今、つる菜と空心菜があるのでそれをちょこちょこ食べている。今日のお昼はさつま芋の茎を炒めよう。

炒めました。すぐに火が通るのでこれはいい。

午後はデスクワーク。そのあと、さつま芋を畑に取りに行ってから温泉へ。

10月3日(月)

今日は大仕事。

新しい売り場をお店の開店前の7時から9時までのあいだに設置しなければならない。段取りよく進めるために、行動する順番を紙に箇条書きにして前もって何度もシミュレーションした。お世話になっているレジの方に手ぬぐいを渡して挨拶、というのが最後の一行。

計画通りテンポよく進めることができた。小さな三角形の飾り4個がどうしても見つからず、それはあきらめる(家に帰ってよく探したら道具入れ袋の中にあった)。

8時半。完成した棚を満足して眺める。ふう。心地いい達成感。記録写真を撮って、帰る。


今日もいい天気。青空で。明日(あした)からすこし天気が悪くなるといってた。

ひらめきさんと異次元散歩(過去に戻る気がするので)をするのにいい日かも。連絡したら大丈夫だった。

11時に行ったら、ひらめきピンちゃんが家の前に出て待っていた(ひらめきはピーンとやってくるのでピンちゃんと呼ぶことにしよう）。私が最初にここから始めたいと思った出水観音へ。前にサクとも行ったことがあるきれいな湧き水の池があるところ。

まずはお参り。するとそこでピンちゃんが話してくれたことに軽く驚いた。

なんとその小さな祠はピンちゃんの旦那さんである霊感くんのお父さんが30年ほど前に建てたものなのだそう。この辺で「ほやっどん」とかって呼ばれている占い師のおばあさんに「お告げがあったので建てなさい」と言われて。それも「ひとりで建てなさい」と。石段に使う石も熊本県の五木村の石、と指定されたのだそう。

へぇ〜。縁があるんだね。

この祠は安産祈願でも有名で、左側の小さな一角に大小の丸い石がたくさん置いてあった。安産祈願に来た人が石を一個持っていって、無事に産まれたら二個ここへ返すのだそう。

占い師のおばあさんを祭ったお地蔵さんみたいなのもあった。

そこからトコトコ歩いて散歩。

のどかな里山だ。栗畑、田んぼ、養鶏場、果物作り名人の老夫婦の果樹園、元気さんの家にはキウイ棚。道路に栗が入ったまま落ちていたので取り出そうとしたら栗のイガがすごく痛くてあきらめた。

1時間ぐらいの予定だったが、思ったよりも広かった。最後の田んぼ脇の曲がりくねった長い登り坂を見て、ピンちゃんは「はあ～。ここを行くの？」と脱力していた。

2時間弱は歩いたね。いい運動。

またちょくちょく散歩しようね、と。

あ、でも今日は異次元散歩じゃなかった。古代に戻った気がしなかったので現実散歩だった。

10月4日（火）

朝、畑を見に行ったら落花生が鳥か何かに食べられていて殻があたりに散っていた。なので今日、もう葉が茶色くなってる分は全部掘り上げることにした。それとさつま芋のひと畝。

掘っていたらセッセが来た。ひさしぶり。

「日本一長寿のおじいさんが長寿の秘訣（ひけつ）は？　と聞かれて答えた言葉がよかったんだよ」と言う。

「なに？」

「成り行きに任せる」

先日の台風で実家の雨漏りがますますひどくなったのでその部分の瓦（かわら）を剝（は）いでベニヤ板を貼ったけどそのかわりビニールシートを貼れなくなったと困っていたセッセ。

やらなければならない大変なことが山積みだ。

今日も芋の茎を炒めて食べた。

10月5日(水)

朝から畑で作業。うまく芽が出なかった種をもう一度蒔いたり、草を刈ったり、畝を整えたりする。けっこうやって、満足感いっぱいで畑全体をじっくり眺める。この時間が大好き。いつまでも飽きない。

午後は家の周りのコンクリートについた黒カビや苔を高圧洗浄した。おもしろい。でも今日だけでは終わらないので何日かに分けることにする。

果物名人が作ったのがおいしかったので、その糖度の高い「紅妃」というキウイを育てたくて苗を注文した。雌雄2株。モッコウバラと同じ棚で育てられるかな。

10月6日(木)

畑の作業をしてから庭の落ち葉掃き。

歯医者へ。定期健診のクリーニングが今日で終わった。次は4カ月後。

午後、高圧洗浄の続き。今日は入り口のスロープ。ここは特別カビで黒くなっているのでやりがいがある。

終わった。次回はガレージ前。疲れるので小刻みに。


ホームセンターで仕事部屋の道具棚用の板を買い増す。

棚板を増やして物を置ける面積を広げるためだ。細い棒も買った。それを切って足にする。時間がある時にちょこちょこ製作している。

10月7日（金）

今日から竜王戦七番勝負。

始まる前に道の駅に行って商品の補充をする。棚の一部が壊れていたのでボンドでちゃちゃっと修理。

畑でつる菜と伏見甘長唐辛子を採る。どちらも小さいのがちょっとだけあった。つる菜は茹でて納豆に混ぜて、伏見甘長唐辛子はサーモンパスタに入れよう。

将棋観戦をしていたら、前の道路が騒々しい。

なんだろうと外に出てみると、工事の人や重機がたくさん。

もしや！

前の道路の補修工事を、ついにしてくれるのかも。1カ月ほど前に担当者が見に来た時に、「トラックが通るたびに家が揺れて、最初、地震かと思ったんです〜」と状況を困り顔で説明したからね。

工事の手配をしてくれたんだ。よかった。見ると、1年前に工事をしてくれた同じ業者の方だった。見覚えのあるあのおじちゃんだ。水道を貸してくださいというので、「はいはい。なんでもどうぞ！」と喜んで貸す。

工事が終わって、「終わりましたよ」と声をかけてくれたので、「本当にうれしいです」と伝える。


将棋観戦をしながら何かできないかなと考え、いいことを思いついた。収穫したゴマからゴミを選別しよう。パソコンの前にゴマを入れた大ボウル、ゴミを落とす白い紙、選り分けるミニまな板、小ボウルを置いて、大さじ1杯分ずつ作業する。

細かい作業で、根を詰めるのでとても疲れる。やっと10分の1ぐらい終わった。

夜。急にパソコンのデスクトップのアイコンが消えた。全部ではなく少しはある。

でも今までのアイコンとは違う。どうしようと困っていろいろ調べた。調べて出てきた方法を片っぱしからやったけど直らない。

困った…。

またパソコン救急隊に頼まなくてはいけないのか…。

はあ～。ガックリとしていたら、ふと、前にパソコン修理の方に言われたことを思い出した。「パソコンの調子が悪くなったら、とにかくあちこちいじらないでそのましばらくそっと置いておいてください。なんなら一晩押し入れにいれてください」

そうだった。私はすぐにあちこちボタンを押したり、いじったりしてしまう。

いけない、いけない。そして、もうひとつ思い出した。いったん電源を落として再起動させると不具合が直っていることがある、ということ。

そうそう。そうだった。

電源を切って、ふたたび点けると。

すると、元に戻ってる！

ああ、よかった。

どっと疲れた。

10月8日（土）

朝晩が寒くなった。愛用のチワワの絵柄の毛布を取り出す。

朝のぼんやり中、これからはより自分本位にやっていこうと思った。

会いたくない人にはメールの返事をしなくてもいいよね。今までだったら気を遣って無理に返事をしてたけど。

竜王戦2日目。

将棋を見ながらずっとゴマの選別をする。指先で細かい枯れ葉を取り除く作業。いくらやっても残りが減ったように見えない。

目も疲れて、庭に出たらくらくらした。

藤井竜王が負けてしまった。ゴマで根を詰めて、将棋も重苦しい展開だったので、なんだか気分が沈む。

棚の整理が終わった。板の四隅に短く切りそろえた棒をボンドで貼りつけて作る簡単な棚をそれぞれの棚の中に置いた。多いところは3段も。これで積み重なっていた

絵の具箱などが取り出しやすくなった。
棒を貼りつける時に正確に垂直にはできなかったので足がちょっと斜めになってるけど軽いものを載せるだけなら問題ない。よしよし。いい感じ。10個作ったので、その板の面積分だけ物を置く場所が増えたことになる。

10月9日（日）

曇ってる。

昨日ずっとゴマの選別作業をしていたので右腕が筋肉痛。指先でずっと細かく同じ動きをしていたから。

まだあと3分の1ぐらい残ってる。

残りは外でうちわであおごうかなと思って外にビニールシートを敷いてやったけどうまくできなかった。なのでそれだけ別の容器に入れて、使う時に洗って取ろうと思う。

雨が降りそうなのでその前にと、畑にラディッシュの種を蒔く。ついでに草整理。やってるうちに楽しくなってどんどんやりたくなった。小かぶの芽があまり出ていない。そして虫に食べられてる。小かぶの種を買ってきて蒔きたい。で、さっそくブーッと車で買ってきて蒔いた。ついでに落花生ののこり2株とさつま芋1株を掘り起こす。

午後3時。

急にパンを食べたくなった。そして思い出した。前にだれかにおいしいパン屋さんがあるよと教えてもらったこと。小さくて目立たないパン屋さんらしい。

先日、ピンちゃんが言っていたパン屋さんはそこのことかも。「お店の人の声がすごく小さいの」と驚いて話してくれた。そこのパンはおいしいと言っていた。考えてみると、場所的に同じパン屋さんのような気がする。はっきりとはわからないけど行ってみよう。

言われたスーパーの通りを走っていくと、前方に小さなパン屋さんの看板が見えた。ここだ。車を停めて店に入ると、なんと残ってるパンは明太フランスのみ。

選ぶ暇もなくそのパンをトレイに入れてレジへ。確かにそのお店の人の声は小さかった。金額を言ったようだが聞こえなかった。レジに出ている数字を見てお金を払う。１５０円。

車に乗り込んで、まずひと口食べてみた。おいしい。パンのもちもち感もいい。明太バターの味もいい。これはいい。

家に帰って、残りをゆっくり食べる。これから時間をかけて全品制覇したい。

温泉に行ったら珍しくめちゃ混みだった。脱衣カゴは出払っていたのでロッカーを使う。洗い場のカランもいっぱいだったので湯船のお湯を使った。連休だからか。

10月10日（月）

今日は朝早く、9時に昨日のパン屋へ行った。

今日はたくさんパンがあった。迷って、カレーパン、「みんなのおやつ」というフランスパンの角切りにメープルシロップとホイップクリームをかけたもの、ハード系食パンを買った。

家に帰ってさっそく食べる。カレーパンもおいしい。「みんなのおやつ」は甘くて量が多いので半分だけ食べた。

午後。高圧洗浄の続き。ガレージ前と裏。

それから畑に行ってさつま芋掘りの続き。今日の列はまだ小さかった。

空からピーヒョロロと声がする。見上げるとトンビがまあるく円を描きながら遠ざかって行った。

温泉のサウナでパン屋さんの話をしたら、知ってる人と知らない人がいた。私がひとしきり昨日と今日の話をしたら、リョウちゃんが何かの穀類が入った食パンがおいしいよと言う。もう一人の人がホイップクリームが入ったあんパンがおいしいよと言う。これから食べるのが楽しみ。親子で作っているそうで、確かに息子さんは声が小さいと言っていた。

朝6時から開いていて近所の高校生に売れ残ったパンをサービスであげたりしてるんだって。そして午後には売切れてしまうのだそう。

10月11日（火）

朝の9時に道の駅へ。

昨日サウナで水玉さんが、私の売り場はレストランへの通路にあるので昼時は並ぶ人の列が壁になって売り場が見えないよと教えてくれた。確かに、売り場を変えてから売れなくなってるような気がする。人出があるのに1枚も売れないという日もよくある。人出が多い日ほど壁が厚くて売れないのかもなあ。

そのことを考えながら売り場を眺めてみた。

すぐ前の床にレストランに並ぶ人の足型のシールが貼ってある。ここに人が並ぶから売り場が見えないんだ。朝の人のいない時間はよく見えていい感じなんだけど。どこか他にいい場所はないかなあ…と思いながら他を見ていたら、前に話しかけてくれた陶芸のおじさんがいて、また話しかけてくれた。そして売り場のことをなんとなく話したら、ここがいいんじゃないかとか言ってふたりであちこち見て回る。

「この場所、いいですよね」と、木彫りのお面が並ぶスペースを指し示すおじさん。

「そうですね〜」

「前は向こうにあったんですよ」

「へえ〜」

まあ、いつかもっと静かで見やすい場所が空いたら教えてもらおう。流れに任せよう。

その帰り、ヨッシーさんの家に工事の車両がたくさん停まっていたのでちょっと寄ってみる。

玄関の戸を少し開けて、「いますか〜。もしすぐに出られないなら別にいいよ〜」と声をかける。前に急に寄ったら「ちょっと待って。人前に出られない格好だから着替えます」と慌てていたので。

今日は大丈夫だったみたいですぐに出てきた。

そして工事の様子を外から少し見せてもらう。ヨッシーさん、またまた大胆な工事に着手していた。昔ながらの古い日本家屋なのだが、増築増築で複雑になっていた母屋部分をバッサリと縦に切って取り去り、新しい壁を作っていた。やけにスッキリしている。その部分がなくなったので庭がまた増えていた。裏の方へと車で行けるようになっている。なんだか家の雰囲気が変わってた。

小松菜の間引き菜をもらって帰る。

そうそう。ヨッシーさんにあのパン屋さんの話をしたら、知っていて、特に反応なしだった。普通の感じ。私が興奮しすぎていたのか。

午前中は畑でさつま芋掘りの続き。そして午後は高圧洗浄。

高圧洗浄中、干した洗濯物のことを忘れていた。気がついたら洗濯物に近づいていて、跳ねたしぶきで細かい点々が干したシャツについてしまった。

きゃあ〜。大丈夫な服を取り込み、汚れた服をふたたび洗濯機に入れる。


私はもう資産運用はしないことにした。

貯金を分散投資しろとか、積み立てなんとかとか、ああなるこうなるどうしろこうしろという経済評論家たちの声を聞いて不安になって、お金の管理が嫌いな私も何かしなければと思い、過去に2度、やったことがある。でも安定的なものが大嫌いな私はおもしろいのだったらいいよと思い、ハイリスクのゲーム性の高いのをやってみた。だってそういうのじゃないと気が向かなかったから。毎月いくらか積み立てするようなコツコツしたやつが大嫌いで、それをすると考えただけで気が滅入ってしまう。

で、リスクの高いのをゲーム感覚でウキウキとやってたら案の定、ドカンとお金を失った。で、凝りてもう何もしないと思ったけど、しばらくしてまた違うゲーム感覚のを知って、おもしろがってやってたら同じことに。

その2回目に思った。私は本当に資産管理が嫌いなんだ。どちらかというと邪魔なんだ。だからこういうことになってしまったんだ。なので、もうしない。もう何もしない。やらないと損しますよなんて囁(ささや)く人の意見にも耳を傾けない。他人の不安を私が抱え込むことはないだろう。私は私のだけでいい。

人生は私と私を見守ってくれるガイドとの二人三脚。自分でできることをやり尽くしたら、あとはどうにかしてくれるだろう。どうにかなるだろう。どうなってもいいと思えれば怖いものはない。

だってどうなってもいいんだもん。

どうなってもいいと心底本気で思うことが鍵だけど、だんだんそう思えるようになってきた。さすがに年の功で。

収穫したゴマを炒ってみた。小さいので洗うのも大変。たくさんシンクに流れた。どうにか炒ったけど、おいしいかどうかわからないほどの小ささだった。

今夜はすき焼き。

10月12日（水）

燃えるごみの日の木曜日と勘違いしてた。今日は水曜日だった。ゴミを捨てようとしてハッと気づく。

今日は順位戦。

始まる前にヤマト運輸の営業所へ。メルカリショップってどうなんだろうと思い、銀色夏生ミニショップというのを登録して試しに手ぬぐいやポストカードのグッズ類を販売してみた。それがいくつか売れたので荷物を持ち込みに行った。営業所に行くのは初めてだったのでちょっと緊張。でも売り場の女性がやさしくて、終わった時はすがすがしい達成感。

帰りに道の駅へ。

また売り場を観察。いろいろ見たけど他の場所はもうぎっちりと埋まってる。今の場所のままでいいかな。お昼前後は人垣で見えない売り場。朝と夕方の人の少ない時だけにふいに現れるまぼろしの売り場ってことで。

ぼんやりとした夢を見て、なんか思った。

今後は精神性を高める方向へ進んでいきそう。いつもそう言ってる気がするけど。より、ってこと。

10月13日（木）

変な夢を見て嫌な気持ち。

ああ、夢でよかった。だんだん思い出してきた。それから夢らしく一気に薄れていった。

いい天気。ゴミを出して、畑に水を撒く。かぶの種などを蒔いたところに。それから庭を歩く。木が茂ってきて通路の上を覆うようになった。そのせいか黒いコケやカビがたくさん生えている。この冬は張り出した木の枝を切ってもらおう。

高圧洗浄。今日は洗濯物干し場の床と大きな庭石と通路の一部。

早めに温泉へ。

水風呂に浸かっていたら、またあの現象が！指先の輪郭に沿って青い色が見える。たしか前に人吉市の華まき温泉で見た。光の加減だと思うけど原理はよくわからない。指をあちこち移動させて何度もじっと見つめる。次に温泉の方に入って指をみたら見えなかった。光の角度が違うからか…。

サウナで水玉さんが言っていたことが印象的だった。

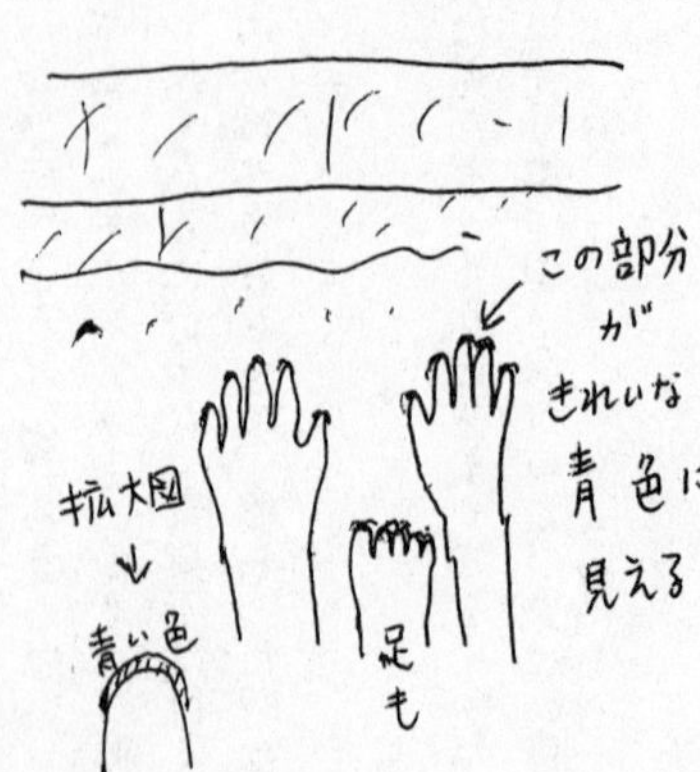

先日どこかに行った時に観音様だかお地蔵様だかの感じのいい置き物があって、あ、買って帰ろうかなと思ったけど、「いけない。こんなのを買ったら毎日拝まなきゃいけなくなる」と思って止めたそう。

そうだよなあ…と思った。ものってその値段で買えるから買うんじゃないよね。そのものを見ているか。心でちゃんと。それと自分がどんなふうに関係できるか。みあっているか。ふさわしいか。関係するか。大事なことだと思った。

10月14日（金）

今日もいい天気。素晴らしい秋晴れだ。

高圧洗浄最終日。苔だらけの広いテラスを洗う。石も真っ黒になってるなあ。

テラスはきれいになったけど石はあまりきれいにならない。バスケットゴールの下に積んでいた流木は腐ってきたので周囲の庭木の下に移動する。広く並べていた石たちもはしっこにぎゅっと寄せた。するとスッキリ。

午後。静かに読書していたらいつのまにか眠ってしまった。スピリチュアル系の本だったのでよくあること。

つれづれノートの新刊の見本が届く。

出版業界も厳しい時代。いつまでこんなふうに本を作れるだろうか。まだ出せるというギリギリまでは作りたい。形ある本を作れるってことが贅沢(ぜいたく)なこと。宝箱のようだ。

10月15日（土）

朝食はトースト。クリームチーズとブラックベリージャム、庭の桑の実のシロップ煮のせ。カボチャのスープ。キウイの紅妃。

今日も素晴らしい天気。

時空を超えた散歩日和。ピンちゃんにラインしたら今日は用事があるとのこと。残念。

で、さつま芋の残り、最後の2つを掘る。今日は一生懸命、畑と庭の仕事をしよう。

・

庭ではシダ撲滅作戦を決行することにした。

玄関前の10メートル×5メートルぐらいの面積。シダがものすごく繁殖しているのでこれではいけないと思い、ついに決心した。端から全部抜いていこう。

コツコツやって、やっと6分の1ぐらい終わった。続きは明日。

夜。ヒマだったのか8月のショックが薄らいだのか、ついにお酒を注文してしまった。シャンパン4本セットと白ワイン4本セット。冷蔵庫に残っていたビールを数本たまに飲んではいたけど、本格的に買ってしまったね。それからつまみの生ハムとベーコンなども。

生ハムは間違えて高いのを注文していたことにあとで気づいた。

いつも買ってたのは「ハモンセラーノ18カ月ミニ原木」、400グラムぐらいで3千数百円。それがひさしぶりだったせいかメニューの見る場所を間違えて、「ハモンイベリコ48カ月熟成コントラマサ」、450グラム8242円のを注文してた。どうしよう。でも、まあ、いいか。高いのを味わって食べてみよう。

10月16日（日）

今年の新米ができたのでセッセがみんなに送ったそう。私も20キロもらった。

すると兄弟たちから新米を炊いたというおいしそうな画像が届いた。私も新米ごはんと今夜のおかずを送る。鶏(とり)の照り焼き、納豆につる菜と金ゴマ。赤モーウィと豚肉の煮物。つる菜とゴマとモーウィは畑で採れた自家製。いい感じ。

今年は籾(もみ)でも5俵、買った。コメリで買った保存缶に入れる。白米を食べ終えたら食べる分ずつ精米して食べていこう。

ネットフリックスでドラマ「ザ・ウォッチャー」を見る。おもしろくて続けて見てしまった。

10月17日(月)

今日は雨。ずっと雨が降らず土がカラカラに乾燥していたのでありがたい。かぶの芽が出たばかりだったから。

傘をさして、畑に空心菜の葉を摘みに行く。朝ごはんの鮭の付け合わせにソテーしよう。

空心菜の葉のきれいなところをすこし摘んでザルにいれて、草の斜面に作った階段を上っている時、思った。人生の中で取りこぼしてきたものは多いんだろうなあ。

学ばずに、すり抜けてきてしまったもの。

なにか、小さなこと。多くの人は知っていて自分は知らないこと。野菜のあく抜きの仕方とか…。

知らないままで終わるのかもしれないなあ。

親の苦労や大変さは大人になってみないとわからないとよく言われる。

私も同じ立場になっていろいろわかったけど、そのわかった感覚もまったく同じではないはずで。そういうことも、いろんなことも、人はほとんどのことを知らないまま終わるのかもしれない。

そして、それでもいいんだと思う。


道の駅に行って手ぬぐいを4つ補充する。昨日、売れた分。

先週はポストカード1枚も売れない日が続いた。でもこうやってちょこちょこ補充に行くのは楽しい。静かな売り場に移りたいという夢がふくらんで、ついついいろいろ妄想してしまうけど、まだ作る商品の方向性が固まっていないから、急がずにいこう。

10月18日（火）

畑にいたら、恐怖の（かわいい）保育園軍団の声がする。

手をあげて横断歩道を渡ってこっちに近づいてくるのが見えた。

帰ろう。

私は家の片づけと掃除を去年からずっとコツコツ続けているが、どうしても今回これはプロに頼もうと思って、窓ガラスと網戸の掃除と換気扇をお願いすることにした。で、前に掃除を頼んだことのある業者の方に見積もりに来てもらう。窓の数が多いのでけっこう高かった。でもしょうがない。自分ではできない場所にある窓もあるし。

見積もり中、ポツポツ話す。

同世代のその方が、「私たちは戦争のないいい時代に生まれ育ったなあと思います。これから子供たちがどういう時代を過ごすのかと思うと心配になります。女性はみんな元気だけど、奥さんと死別した男性や独身の男性が本当に元気がないんですよ。生きる気力を失ってしまうというか…」としみじみとおっしゃった。

しばらく会話を交わしたあと、私の心に「苦労に支えられていた」という言葉がふっと浮かんだ。

大変なことや苦労が実はその人を支えていた、ということってあるだろう。忙しさに助けられた。つらいことを乗り越えるのに一生懸命で、それに生かされた。というようなことが。

私も過去に精神的にとても大変な時、やらなければいけないことがあったのでそれで気がまぎれたということがあったなあ。

夕方、温泉に行こうとガレージに行ったら、また保育園軍団の声。見ると、うちの空き地を向こうから気ままに歩いてくる。今度はちょっと大きい子供たちのよう。お散歩の帰りみたいだ。だんだんに姿が大きくなって、道路まで出たら先生の指示に従って上手に一列に並んで安全を確保しながらちょこまかと進んでいった。遠くから小さい子供たちの群れを見るのは大好き。


昔のことを思い出す。

むやみにいろいろまわりに質問したり聞いたりしてたから、みんながいろいろ教えようとしてきて世界は騒がしかった。いるのかどうか探してたから。答えを知ってそうな人が。

今はもう探すことはなく、そんな人は、「まあ、ほぼいない」と思うようになったので、人に聞いたり、教えてもらいに行かなくなった。

すると世界が静かになった。

よかった。

10月19日（水）

今日はピンちゃんと庭先輩とランチ。

家に集合して庭をひと回りしてから、私の車で民家改造のそのお店へ。車で5分ぐらいのところにあって行くのは初めて。

私は素人の田舎料理は苦手なのでどうかな…と思ってたら、すごくおいしかった。細部まで神経が行き届いていた。そして最後に出てくる和菓子の練り切りもきれいだった。お持ち帰りに2個買う。

それから田んぼの中の神社にお参りしたあと、コンクリートの庭を見せてもらいに行く。そして次にピンちゃんの実家へ。今は誰も住んでいない年代ものの日本家屋。欄間や障子の意匠、牛小屋のガラス戸などに、木が好きな庭先輩は釘付け。「これは○○の木ね。これは○○」とつぶやく。聞き逃すまいと私も後ろからついていく。

最後にピンちゃんちに行って、庭先輩に庭を見てもらう。荒れ放題の状態をどうすればいいか。すると、パッパッパッとアドバイスが出てくる。そしてついにたまりかねて。「今度道具を持って軽トラで来るわ！」と言い放つ先輩。

で、来週の火曜日に来るってことになり、私に「どうする？」と聞かれた。私も「来る」と答える。剪定ばさみを持ってこよう。私はあまり助けにならないかもしれないけど。

生ハムとシャンパンが届いた。間違えて買った高い生ハムの味は…、うーん。前に買った安い生ハムの方が好きだ。よかった。次は心おきなくあっちを買える。

10月20日（木）

明日からまた竜王戦なので食料を買い出しに行く。ドライカレー用のひき肉を買わなければ。

声の小さいパン屋にも行く。今日は声の小さい人はいなくてたぶんお父さんの方だったので声の大きさは普通だった。

帰りに道の駅に寄って品物をひとつ補充。すると、ひとつ残ってるはずの商品がなくなってる。万引きか？　よくあることらしい。…ガックリ。売り場を変更できないか駅長に相談しようと思っていたけど、急にやる気がしゅる～んと薄れた。どうせ盗られるのならもういいかなんて自暴自棄に。

パンを食べよう。

明太（めんたい）フランス、ウインナーパン、ホイップあんぱん。うん？　前回ほどの感動はなかった。

本当にいい天気。雲ひとつない透明な青空。

退屈だ。

やる気なく、シダ撲滅作戦の続き。石と石のあいだにシダが壁のようになって生えている。石をどかしてその壁のような根っこのかたまりをバリバリと剝（は）ぎとるのはとても気持ちがいい。

10月21日（金）

将棋の竜王戦を見ながら、ヒマなので絵を描く。白と灰色のバラの花。

思い切って道の駅に行って、店長に売り場のことを話した。検討してみます、とのこと。はい。

10月22日（土）

6時の封じ手に間に合うようにちょこっと温泉に入って帰る。

竜王戦2日目。朝は冷え込む。

見上げると空に、今日は雲が多い。

畑に行ってほうれん草の間引き。その間引き菜をソテーして朝食に。

午後、ピンちゃんと娘さんと隠れ家カフェでお茶。

娘さんには昔、カーカが言うことを聞かなくて困る、いつになったらおとなしくなるかな？　と相談したら、キッパリ「3年生！」と回答してくれて助かった思い出が。

家に帰ったら直前に藤井竜王が勝ったところだった。

その瞬間を見逃した！

10月23日（日）

畑でかつお菜の間引き。間引き菜は鍋(なべ)に。

庭の枕木が腐ってきたのでまたコンクリートで補修する。

10月24日（月）

今日は涼しい。

畑の里芋を掘る。

里芋掘りはエネルギーがいる。里芋がパワフルだからだと思う。なので全部は掘れなかった。生姜もいくつか掘った。

菊芋を掘ってみたら、なんと台風で倒れて根っこから枯れてしまったようで、唯一緑色だった1本だけに菊芋ができていた。…なんだ。葉が黒かったのは枯れたからか。

コンクリートが足りなくなったので買い足して枕木の補修の続き。

夜。

貴重な菊芋をスライスしてチップスに。里芋は1個、塩味のソテーに。生姜は炊き込みご飯に。おいしかった。

10月25日（火）

ついにこの日がやってきた。

庭先輩と共に、ひらめきピンちゃんのしばらく荒れ放題だった庭を手入れする日。

私はひそかに緊張していた…。

10時ごろに現場に着いた。先輩もすぐに来た。

今日の作業メンバー、私、先輩、ピンちゃん、霊感くん。

「構想図を描いたけど持ってくるの忘れたわ」と言いつつ、先輩がガシガシ剪定していく。私たちも指示に従ったり、見よう見まねで作業に入る。

ものすごくみんながんばった。

お昼。先輩のリクエストであの声の小さいパン屋さんのパンが並ぶ。4分の1ずつに切ったパンを数種類、いろいろいただく。お腹いっぱいになった。

休憩の時間も惜しく、すぐに作業開始。

バリバリと作業は進んだ。

想像よりも急速に景色は変わっていった。見違えるようにサッパリと、風が通るようになっていく。

でもまだ、あれもこれも。で、明日も来る！　ということになり、続きは明日。

家に帰って、ぐったりと疲れて、9時には眠くなった。

こういうのがいい。体が疲れて、バタンキューと寝たくなる、そういう日々。

10月26日（水）

朝早く起きて、洗濯。その他もろもろ。

昨日帰りにピンちゃんにもらったパンを食べながら、お昼用のドライカレーを作る。

山あじさいと白いシモツケを掘って車に入れる。

10時にピンちゃんちに到着。お、先輩よりも早かった。でも、5分後ぐらいに先輩到着。

今日は剪定作業と並行に、半木陰になるところに球根類を植え込む。

私が持って行った植物も植えた。

今日もみんな一生懸命。すごく。

私が、「昨日は体が疲れたのでバタンと眠れた。すごい充実感だった」と言ったら、霊感くんもまったく同じことを言ってたそう。

そうそう、ホントにそうだよね。私が求めている生活ってこういうのなんだよ。

毎日、やりたいことをやってへとへとに疲れて、充実感を覚えながらバタンと眠る。

それこそが幸せだと心から思う。

今日も4時15分に終えて、家に帰って、温泉へ。

今日は驚くほどお客さんが少なかった。水玉さんとサウナでふたりだけだった。日が暮れるのが早くなったからね…。

貸し切りの温泉にゆったりと浸かる。

10月27日（木）

今日は一日中、異様にバタバタしていた。行ったり来たり、電話して、また電話して。

私のせっかちさが招いたバタバタだった。夕方には反省し、これからは急ごうとしないでゆっくりと考えて物事を進めよう、と思った。

私が急ぐのは面倒くさがり屋だからだ。全部の用事をいっぺんに済まそうと考え、よく理解する前に行動を起こしてしまう。そして、あとで細部がわかってからやっぱり違ったと思って全部最初からやり直し、ということが起こる。

ゆっくりやらねば。

10月28日（金）

竜王戦第3局。食料も買い込んだ。

昨日は曇りで涼しかったけど今日はあたたかい。

たまにふらふらと庭や畑に出る。

今は空き家になっている隣のお家の屋根の修理を昨日からおじちゃんがしていた。

興味深く近づいては、おじちゃんとポッポツ話す。このあいだの台風で屋根瓦や壁の一部が剝がれ落ちたんだって。命綱を張ってひとりで黙々と作業している姿が気になって、「気をつけてくださいね。隣にいるのでなにかあったら呼んでくださいね〜」と声をかけておく。なぜこんなやさしい言葉をと自分でも驚く。たぶんこのおじちゃんをいい人に感じたからだ。

将棋番組の音声を聞きながら、メルカリショップのお礼用チラシデザインをPhotoshopで考える。このあいだはオリジナルシールを作った。シールが届くのが31日ごろ。どんなふうにできてるか楽しみ。

500円玉がみつからない。

さっきちゃんと棚の上に置いたはず。探したけどどこにもない。ない。おかしい。

というのがおととい。

で、今日、出てきた。どこにあったかというと冷凍庫の中。たぶん、握ったまま冷凍庫を開けて中の食材を取り出した時だ。

10月29日（土）

竜王戦、二日目。

解説者のひとりがおもしろい阿部光瑠（あべこうる）七段だったので聞かなきゃ。

将棋は藤井竜王の逆転勝ち。

夜、家の中を移動していてふと上を見上げたら窓から細い三日月が見えた。

予約注文していたキウイ苗（紅妃）が今年はうまく育たなかったそうでキャンセルの通知がきた。そうか。まあ、いいか。自分で作らなくても。かえってホッとする。

モッコウバラの花壇はぎゅうぎゅうだったしね。毎年、買うのを楽しみにしよう。

10月30日（日）

朝、外に出て用事をいろいろ済ます。

セブン-イレブンで商品を1個だけ持ってた人に先を譲った時、マスクをしていないことに気づき、「あ、マスク、忘れた！」と言ってあわてて車に取りに行こうとして出口のところで「あ、耳にかけてた！」と気づいて引き返す。

みんなが笑ってほっこりムードに。

畑の手入れ、ガレージの道具置き場の整理、いただいた花の苗の植え付けなど。道具置き場をスッキリ整理したらとてもよくなった。使いやすそう。このまま整頓された状態を維持したい。

のびすぎた木の枝を冬になる前に剪定してもらおうと思い、近所の剪定のおじさんに電話したら明日来れると言う。「何時にしましょうか」と聞くので、「明るくなってからがいいです」と答えたら、7時になった。

明日の朝と昼の食事を今日のうちに準備しとこう。

10月31日（月）

剪定の緊張で4時に目が覚めた。

それから読書したり、うとうとしたり。6時にベッドを出る。軽くパンを食べて、ゴミを出して、畑を見ていたら剪定のおじさんが来た。

7時から12時までノンストップで剪定作業。私は途中、10時に休憩してご飯を食べたけど。

かなりスッキリとなって、12時におじさんは帰って行った。あと2時間ぐらいで作業は終わるそうで、明日また来るとのこと。

午後は畑の作業。

おとといから天井からコトンコトンと変な音がし始めたのでそれを見てもらいにいつもの立山さんに見に来てもらった。モーターの調子が悪くなってるとのこと。

夕方、温泉へ。

だんだん気温が下がってきて、日が沈むのも早くなった。しみじみと湯につかる。

東霧島神社にいた三毛猫

11月1日（火）

朝8時。

台所にいたら少し前から変な音がする。救急車でもない、なにかフォ〜ンというような音。思わず聞いていたYouTubeの音を消して耳を澄ましたがわからない。庭で何かが動く気配に驚いて外を見ると剪定のおじさんの姿。なんだ。ブロワーで落ち葉を掃き集めていた音だった。

「おはようございます〜」と庭に出て挨拶をする。私もシダを引き抜く。

2時間ほどで終わり、私は畑に移動して白菜の芽を移植する。

買い物へ。道の駅にも行って、売り場をチェック。雨粒のポストカードが残り少ない。明日補充しよう。玉子を買って、ブロッコリーの苗も買った。

午後ははたきでブラインドのホコリ取り。明日、窓ガラスと換気扇の掃除を頼んでいるのでその準備。

夕ご飯に、今日買ってきた冷凍カレイでカレイの煮つけを作る。昨日あたりからカレイの煮つけを食べたいなと思っていたのだ。でもこの冷凍のカレイは小ぶりでイメージと違う。解凍したら生臭い。あまりおいしくないかもなあと思いながら作り方を調べて作った。

できた。やはり変な味がする。作り方をよく見たら、「匂いがあるときは塩で洗って熱湯をかけて冷水に入れて匂いをとる」と書いてあった。最後あたりに書いてあったのでこの一文に気づかなかった。あーあ。

今見ているドラマは飛行機が着陸したら5年がたっていたという「マニフェスト」。注文していたシールができてきた。どうかな。うーん、微妙か。

11月2日（水）

お掃除の日。

5人ほど来られて、分担してテキパキとガラス磨きが始まる。サッシやレール、網戸もなので忙しそう。私も一緒に掃除をする。みなさんの真剣さを自分の力に変えて、ふだんしないところをやりたい。屋根裏の拭き掃除、洗濯機置き場など。トイレも丁寧に掃除する。下にある水道管のはしっこ部分が緩まっていたのでキュッと閉めておく。

午前中が終わってお昼休憩。

さ、午後が始まる。その前にトイレに行ったら水が流れない。軽くパニック。うーん。さっきまで使えたのに。どうして？　何度、どこを押しても出ない。え？　どうして？　何度、どこを押しても出ない。

そうだ。掃除した。あれからなにか変わったことは？　と考える。

水道管のツマミだったんだ。あわてて緩め戻す。そして水道管のはしっこをクルクル閉めた。あれか！　あれは

すると水が出た。

ああ、よかった。

午後は畑に出てちょっと手入れ。小松菜の芽を移植する。

それから庭のシダ撲滅作戦の続き。石のあいだにすごい根っこ。右手にかなり力を入れ続けたので手首が痛くなりそう。休み休みやらなくては。

3時休憩後の3時半から5時までの働きがすごかった。だんだんと陽が傾き、夕方になり、薄暗くなってきて、みんなはガレージの窓ふきに取りかかっていた。そこには大きな窓ガラスとルーバー窓がたくさんある。私はすぐとなりの庭で黙々とシダを抜いていた。言葉もなく必死の作業。

空が暗くなる…。もし終わらなかったらもうやり残していいですよと言いたくなる。

シダを抜きながら後ろのみなさんの作業具合を気にする。
5時のチャイムが鳴った。どうやら作業が終わったよう。よかった!
もうあたりは薄暗い。
最後の見回りが終わった。またぜひお願いしますとお礼を言う。

窓ガラスが本当にきれいになった。まるで透明な水の中にいるみたい。クリアな水槽の中にいるみたい。

昨日のカレイの煮つけ、あと2枚あるけど変な味と匂いでもう食べたくない。捨てようかと思ったけどもったいない。どうにかできないかとじっくり考え、皮とヒレと骨を取り除いて身だけにして、ほぐして鍋で炒ってふりかけにすることにした。ゴマやお酒などを足したらどうにかまあまあ食べられるふりかけができた。ごはんのお供にしよう。

11月3日(木)

コロナという大きな出来事があったので、これから日本は、世界は、大きな構造変革が起こるだろう。今までに経験しなかったことが次々と起こるだろう、と思う。

なのでその対策として、川の流れだとしたら、できるだけその水圧に、水流に対応できるような場所、姿勢でいようと思う。

水圧に翻弄されないような場所は、川の流れが急な真ん中ではなくはしっこ。姿勢はどっしりと腰を落として、むやみに浮足立たないこと。


さて、今日はお楽しみ。

Uターン家族と一緒に一度行ってみたいとずっと思っていた霧島周辺の二つの神社をめぐってから、庭先輩の庭を見に行く予定。

まず東霧島神社。

鬼が作ったといわれる長い石段を上る。結構長かった。ごろごろ石。

てっぺんに着いて龍の顔をした木を拝む。名物だったが台風で最近倒れたのだそう。

次は霧島東神社。

こちらは御池という池を見下ろせる場所にある。龍が出てきたといわれる井戸を見てから、整然とした神社を拝む。その奥の開けた場所にあった性空上人の像がよかった。木に囲まれていて後ろが広々とした空。そのあとに見た小さな手彫りの不動明王の像もよかった。後ろから見た時のノミのあとに心惹かれた。

お蕎麦を食べてから、庭先輩の庭を見に行く。

私はぬか漬けのおいしさがいまいちわからないので、先輩のぬか漬けを少し分けてもらう。それからお味噌汁はいりこだしで食べると聞いていたのでその作り方を聞いて、いりこも少しもらった。今の自分にはよくわからないそれらの味をどうにかしていつか味わえたら。

いろいろ話して、おいしい酒まんじゅうをいただく。充実した一日だった。帰ってからゆっくり思い出そう。

帰りにピンちゃんちからお土産をもらった。庭のお礼も兼ねて霊感くんの実家の新米とハロウィンのお菓子といつも行く温泉のお風呂券を。きゃあ～。ありがとう。

11月4日（金）

昨日は曇りがちだったけど今日は晴天。

ランチを食べようと約束していた友人が結膜炎になったそうでキャンセルに。

急にヒマだ。何しよう…。畑と庭の手入れをしようか。

朝ごはんは食べないつもりだったけどそういうことならと作り始める。

いりこだしのお味噌汁に、納豆、ぬか漬け。このあいだ作ったカレイのふりかけ。

ぬか漬けをじっくり味わってみたが、うーん。おいしいと思う気持ちは出てこない。でもいつかわかりたい。いりこだしのお味噌汁は少しおいしく感じた。まずはいりこのおいしさに目覚めないとなあ。
道はまだ遠い。

あちこち買い物に行く。声の小さなパン屋さんでパンを買った。バゲット、焼きそばパン、カレーナン。焼きそばパンは普段買わないけど興味本位で。ソースの味、たこ焼き的なおいしさがあった。でもふわふわの柔らかいパンはあまり好みじゃないことがわかった。

午後は庭のサルスベリを数本、引き抜く。いつのまにか生えていて毎年枝がぴょんぴょん伸びてとても困っていたもの。スコップで根を掘って最後は力いっぱい引っ張ったり、剪定ばさみで根を切ったりしてどうにか抜いた。もっと大きいのがあって、そっちは無理そう。

先週、いりこのことを考えていて、半生のいりこのようなものを買ってしまい、とても生臭くて苦かったので天日干しにすることにした。3段の干し網にいれて外に干す。

温泉で人に聞いたら、それは炙って食べるやつじゃない？　とのこと。それにしてもすごい匂い。時々見に行く。大きなハエがとまってた。網の外から端っこにいたいりこを舐めていたのかも。むむ。

パジャマのひざが破れて膝小僧が見える。このパジャマはお尻の部分も破れて何度も繕った。もう限界かもなあ。天然の素材をゆったりと手作りしているのでここの服は柔らかくふわっとしている。なので擦れてやぶれるのも自然なのかもしれない。

11月5日（土）

今日も晴天。

将棋の棋王戦、羽生九段対伊藤匠五段の対局があるので、見る。先日の藤井・天彦戦を見逃したのは残念だった。

始まる前にいろいろと用事を済ます。荷物を出したり、道の駅に補充に行ったり。早朝なのに道の駅の駐車場に車がたくさん停まっていた。車中泊しながら旅してる車のよう。連休だしね。

どこかで鶏の炭火焼きを焼いている匂い。朝ごはんか。前に停まってる車には車中泊用の道具がぎっしり。

ホント、空は抜けるような青空だ。

畑に行ってお味噌汁に入れる小松菜を採る。となりの体育館で試合があるみたいで車がいっぱい停まってる。保護者の方が楽しそうに話をしている。興奮が伝わってくる。

2年目の畑。

2年目の畑は去年の畑と全然違った。去年はインゲン豆が長く秋の食事を支えてくれたけど今年はあまり採れなかった。その代わりじゃがいもがまだまだたくさんある。

去年、その味に感動したのは枝豆や落花生、オクラ。

今年感動したのは小さなトウモロコシとトマトを煮詰めたトマトペーストの味。

毎年、新しい味を発見できてる。

でも枝豆と小豆(あずき)は全滅だった。

さつま芋は去年よりもちょっときれいなのができた。ほうれん草や小松菜などの青菜も、去年よりはじっくりと見守っていられる。慣れてきたらもっとうまくできるだろう。去年は気がせいていて野菜をよく見ていなかった。目が合ってなかったという感じ。今年は少し落ち着いて、野菜の姿を観察できるようになってきた気がする。そうすると野菜も落ち着いてきれいに育ってる。

庭の手伝いの日にピンちゃんからおやつに出されたチーズ大福というのがおいしかった。白くて丸くて。中はふわふわのチーズ、それを取り囲む白あん、外側にやわらかい餅（もち）。

なので私も昨日買いに行ってみた。

ショーウィンドウに四角い生チョコ、1個40円というのが目に入ったので6個買った。それと苺（いちご）のショートケーキ。苺のショートケーキはとりあえずどこでも試しに1度は買ってみる。

ショートケーキは昨日の夜に食べた。

今日は将棋を見ながらチーズ大福と生チョコを食べる。どちらもおいしかった。私は3回食べたらほぼ飽きるので、いや満足するので、3回食べられればいい。

でもそこまでが興奮気味に夢中になるのが困る。性急さがでるのだ。

生チョコ。一辺1・8センチの真四角。まわりにココアパウダー。うーむ。うまい。

羽生九段と伊藤匠五段の勝負はおもしろい将棋になっている。解説を聞きながら離れられない。今日は温泉はあきらめた。

だんだん暗くなる庭を眺めながら将棋をちょこちょこ眺める。羽生九段が勝った。

ということは藤井竜王との敗者復活戦が見られる。楽しみ。

11月6日（日）

パジャマのひざの破れを繕おう。ガーゼ生地を重ねてひざあてにすることにした。

簡単にチクチク縫う。これでまたしばらくは大丈夫。

お昼から将棋のJT杯があるので午前中に庭仕事。シダを取って、石のすき間にいつのまにか生えていた木を引き抜く。これが大変。動かせる石をどかして、土を掘って、剪定ばさみやノコギリを駆使してやっと抜けた。

11月7日（月）

窓ガラスがまるで存在しないようにきれいになって鳥がぶつからなければいいがと思っていたら、やはりぶつかってた。朝、ガレージの窓の前に小さな鳥が倒れていた。

うう。ぶつかってかわいそう…死体が怖い…と思いながらそっと袋に入れる。

今日も庭の木を抜く。

ずっと気になっていたのを3本抜いたけど、いちばん大きくなっているモミジがあと2本、石のあいだから出ている。幹の直径が5センチぐらいになっていて、枝が伸びるたびに刈り込んでいるので高さは低いけど枝がいっぱい。この困ったモミジを2本、次は抜きたい。


畑では雨がもう何週間も降らないので土がカサカサパサパサしている。

朝は寒く、朝露に葉が濡れているから水分はそこから取っているのか、少しずつ大きくはなっている。

そろそろ豆類の種を蒔こうかな。

11月8日（火）

竜王戦4局目。

将棋を見ながらチョロチョロ庭に出る。

昨日のモミジを見つめる。どうしても抜きたい。

我慢できず、服などちゃんと準備をしないまま、サッと道具を持ってきて掘り始める。

ぐいぐい。

2本とも抜けた（正確には1本はギリギリまでがんばった末に根元で切った）。スッキリ。それから伸びている何種類ものツタを石から剝がす。

家に戻り、将棋を見る。

里芋のスープを作ったり、お昼ご飯はごぼ天と青菜炒め。一日中、ダラダラとすごす。

6時になって封じ手で1日目が終わり、夜空では月食ショー。満月がだんだん黒く欠けていき、やがて真っ黒…じゃなくぼやっとしたオレンジ色になった。

11月9日（水）

いい天気。外に出たくなるのをグッと我慢して将棋を見る。

お昼用に畑に行ってチンゲン菜を採ってきた。ホタテのクリームスパゲティを作ろう。

難ありホタテ1キロというのを（いつのまにか）注文していたのが届いたので。

鳥が落ちていないかビクビクしながら外の廊下を通る。臭いイリコを今日も天日干し。そばを通るたびに匂いをクンクンかぐ。まだ臭い。

スパゲティ、おいしくできました。

連日の庭仕事で右手首が痛い。力を入れてシダや根っこを引き抜き続けたから。しばらく安静にしなくては。つい力を入れてしまう。

これからの私の人生の目標。
家をきれいに片づけて。物を少なく。好きなものだけに囲まれた生活。
庭はこまごまと手入れして、これから先に大きくなって困りそうな不要な木などは早めに抜く。畑は手入れと土づくり。

私の敵は「退屈」。
どうやって日々の自己満足度を高められるか。退屈しないでいられるか。気の沈む時間を最小にできるか。小さなことに喜び、楽しめるか。
私にとって高度な挑戦とはそういうこと。

将棋、藤井竜王が勝った。３連勝で王手がかかった。

11月10日（木）

今日は誘ってもらったのですぐ近くの体育館でやってるヨガ教室の体験に行った。

1時間半あって、とてもいい運動。いいな〜と思ったけど、毎週決められた時間に行くというのがいちばんのハードル。それができるかどうか…。

11月11日（金）

畑にもみ殻をまいて、庭ではシダを取ったり。

シダはまだまだたくさんある。

天日干ししていた臭い煮干し。少しずつ薄まってきたがまだ臭い。

今朝、風に飛ばされたのか、干していた3段の網が地面にバサッと落ちていたのを見て、これはもう潮時と感じ、家に取り込んで頭と内臓をキッチンバサミで切って、残りをオーブンで空焼きした。これをお味噌(みそ)汁の出汁(だし)に使おう。

夕方、温泉へ。ヒマだったのでいつもよりも早く行った。

サウナに入って、水風呂(みずぶろ)、温泉、を繰り返す。

ミニママがいたのでカレーと焼き鳥の話をする。ミニママはかなりの食通とみた。

11月12日（土）

ずっと雨が降らず、地面はカラカラ。火の用心を呼びかける消防の車が夜な夜な通っている。

でも今日と明日(あした)は雨が降るという予報。午後から明日の朝までが傘マーク。できるだけたくさん降ってほしい。

朝の今はまだとてもいい天気で青空が見える。さわやか。

今日明日は何をしよう。シダを抜きすぎて右手が痛い。ちょっと休めなくては。仕事をしようか。頼まれていた歯のエッセイを書こう。雨が降ったら。

昨日焼いた煮干し。つまんで食べてみるとなぜかすごくおいしい。臭みはまったくなく、凝縮したうまみが濃厚に感じられる。比較のために家にあった「食べる小魚」を食べてみた。淡白でまったく味がしない。ううむ。

11月13日（日）

昨日の夜から待望の雨が降っている。

明け方など、雨音が強く響いていた。ヤッター。

朝起きて、うれしくて、傘をさして畑に行ってみる。地面が濡れてる。野菜の葉も青々と濡れている。

家に帰って濡れたズボンを着替える。

そら豆を蒔こうかどうしようか。去年失敗して全滅だったのでなんとなく今年は植える気がしなかったけど、雨が降ったから種を買ってこようかな。

買ってきました。しっとりと濡れた土に種を押し込む。12粒ぐらいあった。

雨が降ったので歯のエッセイを書こうと思ったら、どんどん晴れてきた。でも今日書かないとまずいと感じ、書くことにする。

1500文字ということだったが、長くなってしまった。途中の歯医者放浪の話は削ろう。幼少期の虫歯の話と最近の歯科医探しの話に絞る。

軽く買い物に行って、明日の将棋観戦のための買い出しをする。

最近お気に入りの手作り冷凍ピザも買った。こんにゃくとコーヒー豆も買った。

ロースト煮干し、また食べる。ポリポリ。うまい！　とまらない。

11月14日（月）

順位戦を見ながらこまごまとした作業。

畑に行ってキャベツについた青虫を草地に移動させる。

夕方温泉に行ったら、昔の知り合いがいて「毎日何してるの？」と聞かれた。

「退屈で死にそう」と答える。

帰って来てからも将棋はまだまだ続いてる。10時ごろ、眠くなった。我慢できずに布団に入ってうとうとしながら続きを見る。12時過ぎに終わった。

ふう。

11月15日（火）

秋のすずしい天気。

ちょっと前まで気にしていた道の駅の売り場の件、もうまったく気にならなくなった。あの場所で別にいいか、と思う。極論を言うと、それを売らなくてもいいんだし。

うん。

それから、数日前に思いついて頭から離れなかったあるアイデア。

どうやったらそれができるか。ひとりでは無理なのでだれか手伝ってくれる人が必要だ。どうすればいいか。あの人は？　などとクルクルと頭を動かしていたが、今日になってそれもどうでもよくなった。よく考えると、私はだれか自分以外の人を必要とした場合の失敗率が高い。他の人を頼ったり、人に期待をかけた時。期待をかけすぎてしまって。おっとしまった、と思った時にすぐにやめられないのもつらい。

そうだね。

ちょっと思考を切り替えよう。

今日はわりと穏やかな気持ち。昨日まではヒマで気が沈んでいたから。

午後、ピンちゃんと散歩。古墳発掘現場まで歩く。20メートルぐらいまで近づいて、作業風景を眺めた。ビニールで地面を覆ってある。10数名の人が作業していた。風が強い。空気も肌寒い。ここは町よりも温度が1度くらい低いのだった。

さっきのアイデア、またやる気になってきた。こうやって上がったり下がったりして、進む。強い気持ちが巻き起こったら一気にドーン。

11月16日（水）

ゴマのことを思う。

今年作った金ゴマ。小さいし、葉っぱゴミを選り分けるのが超大変だったからもう来年は作らないことにしよう…と思ったけど、洗って炒ってすって、煮物やお味噌汁など、いろいろな料理に使ったら、フレッシュでやさしい味で、これはすごくいいんじゃないかとハッと思った。分けてあげた人たちもゴマの香りがどうとかって、いい感じの感想を言ってくれた。

自分でゴマを作れるなんてよく考えたらすごいじゃん、と思い直す。

どちらかというとよくわからない分野だったゴマ。

そのゴマを自分で作れるってすごくいいじゃん！

来年も作ろう。なんならもっとたくさん作ってもいい。


天気がよかったので、畑にセッセから大量にもらったもみ殻をまく。チンゲン菜や小松菜のすき間にスプーンでちょこちょこ、泥がはねないように敷き詰める。できるところはだいたいやった。

次は庭のシダを抜く。まだまだたくさんあって終わりが見えないが、こちらもできる範囲で少しずつ。

　それから家の裏側の道の草を刈りに行く。家の裏には道があって、そこは3メートルほど低くなっているのでめったに通らない。先日、1年ぶりぐらいに車で通ったら石垣に草が数本、立ち枯れてるのが見えた。これは取らないといけない。

　で、台車にカゴを載せて、トコトコ裏の道まで歩いて行った。立ち枯れているセイタカアワダチソウなどをはしっこから刈り取っていく。帰りがけの小学生たちがたまに挨拶（あいさつ）してくるので明るく返す。

　この道のはしっこが気持ち悪くて嫌なのだ。私はこういう場所が苦手。ゴミを3つ拾った。でも草を抜くときに気づいた。この枯れ葉に覆われたはしっこの土は黒くてよく肥えていそう。この土を畑に入れたらよさそう…。でも気持ち悪い。どうしよう…。

　いちおう目立った草を抜き終わった。その草は畑の端に置いた。


　夕方になったので温泉へ。

　受付のアケミちゃんが、あいさつの後、「あの〜」とおずおずと声をかけてきた。

　うん？　なんだろう。いつもと違う雰囲気。

「干し柿、作ります？」

「去年作ったけど今年はもう作らない」

「たくさん柿があって、今剥(む)いてるんですけど、あまりにもたくさんで。作りませんか？」

そうだなあ、作ってもいいか。小さいのなら。

「ちょっとならいいよ…。10個ぐらい」

「だめ」

「20個か…30個？」

「30個。明日(あした)はお休みだからあさって持ってきます。50個でも100個でもいいですよ」

「いや。30個で」

また作るのか…。干し柿ってあまり好きじゃないってことが去年わかったんだけど、次は味が違うかもしれないしね。トライしてみよう。

11月17日（木）

朝、寝室から出たらリビングが寒い…。

これはもう、ついにコタツを出す時が来たか！

吹き抜けの手すりに干していたコタツ布団を下ろして、コタツを設置する。

すぐにあったかい。

そしてこれは、これから数か月、私はここから動かない毎日を送る、ということでもある。ああ。

さっそくコタツに入って本を読み始める。ゴロンと横になったら案の定、すぐにうたた寝していた。

ふう。目が覚めて、これではいけないと起き上がり、畑にふらふらと見回りに。キャベツに青虫2匹発見。傍らに突き刺している割りばしを抜いて、どうにかはさみ、近くの草原に移動させる。

今日は曇りがちのもやもやした天気で何もする気になれない。午後もダラダラしていて自己嫌悪に陥る。

さて、最近私が好きなものは、タコや野菜がはいったかまぼこと甘めのさつま揚げ。おやつ代わりにぱくつく。それと「カモ井のチキンライスの素」。子どもの頃に好きだったのをスーパーで見つけた。昔の方が色が赤かった気がするけど、懐かしい味。

夕方、温泉へ。

最近日が暮れるのが早くなったからか浴場が寒いせいかわからないが、常連さんが少ない。このあいだは一瞬、貸し切りだった。

さびしい。

でもサウナに水玉さんがいた。

近況をひと通り聞いたあと、私が「この頃、退屈で退屈で死にそう。でも1週間ほど前にふと湧き上がってきたアイデアがあって、そのことを考えて頭がいっぱい」と話す。

そう。それは、動画で「言葉とそれが示すもの」という私の対話の方法をレクチャーすること。それをやりたいと悶々(もんもん)としている。じっくり考えよう。


家に帰る。

この、帰ってきた瞬間がなんともいえず幸福だ。

なぜかわからないけど、いつも、外に出て、家に帰ってきた瞬間が大好き。

11月18日(金)

小雨。

今日も退屈。

コタツに寝転んで読書。5分読んでは他のこと、3分読んでは他のこと、という調子なのでなかなか進まない。

読むのに飽きて、庭に出る。ぶらぶら歩き。

目にとまった木を見てはどう剪定（せんてい）するか考える。枝を剪定しても幹は毎年太くなる。

今後ますます木は大きくなるだろう。大きくなったら抜かなければいけない時も来る。

10年後、20年後を考えて庭をどうデザインするか、ということもぼんやり考える。


先週末に大阪で宮崎県の物産展があり、そこに手ぬぐいを出させてもらえませんか？と観光協会の方に頼まれたので「いいですよ〜」と100枚、渡した。手ぬぐいの他にはハチミツとお米を出品したそう。

その結果のメールが来た。30枚ぐらいは売れたかな？まさか完売ってことはないよね…、でも…と緊張しながらメールを開いたら、「残念なお知らせがあります。販売枚数は0枚でした。申し訳ございません」と。

ぷっ。

0枚だって。

恥ずかしい…。こんなのはダメだ！価値もセンスもない！と手ぬぐいをすべて床に叩（たた）きつけられたような気分。

どうやったら1枚も売れないってことができるんだろう…と逆に不思議。なんとなくふらりと買った人もいなかったのか…。でも事実なのでしょうがない。物産展には

0枚って!!
ガーン
ショック
ズッキン!
悲しい…
なぜっ
こっちこそ申しわけない…
なんか
ダサい…

合わない商品だったのかも。

温泉の帰り、アケミちゃんが柿を持ってきてくれてた。自分ちにある木からもいでくれたんだって。結局、私は20個、水玉さんが30個もらった。

さっそく家に帰って皮をむいて熱湯にくぐらせてから紐でつないで吊るす。

11月19日（土）

今日も雨。

コタツでゴロゴロしながら本を読んだり買い物に行ったり。特に実のあることはしなかったので充実感のない一日だった。

夕方、温泉へ。サウナに入ったら水玉さんに「そういえば大阪物産展どうだった？」と聞かれた。

「実は昨日報告があって。何枚売れたと思う？…0枚だって」

「えっ！」と一瞬、声をなくしてた。

水玉さんは以前その物産展に販売員として行ったことがあって、里芋とか野菜を完売させようとみんなで必死になって売ったんだよと言う。

「0枚なんてやろうと思ってもなかなかできることじゃないよね。こんどから0枚ちゃんと呼んで…」と帰りがけに脱衣所で自虐的につぶやいたら笑ってた。

11月20日（日）

雨は上がったよう。

ヘアカットに行きたいけど電話したら出なかった。休みかな。

夕方、将棋のJT杯があるけどそれまでヒマだ。また本を読もうか。とぎれとぎれに。

11月21日（月）

雨が降ったので畑の野菜がぐんと育った。そら豆の芽はまだ出ていないけどもうすぐ出そう。

今日は活動的な日。

午後、ピンちゃん、庭先輩夫婦を誘って霧島の廃校を木工アトリエにされている「匠塾・グローバル・ヴィレッヂえびの」へ。この連休、ショールームを一般公開しているという。

その前に道の駅に売れなかった手ぬぐい100枚を受け取りにいく。気が重いけどしょうがない。いつかは行かないといけない。

担当の方がいなかったので荷作り係のUさんが段ボール箱を渡してくれた。0枚のことを知ってたようで、やさしい言葉をひとことかけてくれた。

嫌なことが済んだので気分を切り替えて、お楽しみ。

現地集合して廃校のアトリエへ。いろいろな家具を見て回る。ご友人のアーティストが作ったという真鍮(しんちゅう)製の丸いフックがあって、心ひかれた。一瞬迷った末、購入する。トイレのタオル掛けにしたらよさそう…。

その後、ピンちゃんちに寄って、庭の様子を見てからコーヒーをいただきながらみんなでおしゃべりしていたら私の日課の温泉の時間になったので4時前にお暇(いとま)する。

温泉に入ってから、近くの居酒屋で友人とご飯。前に行ったボロボロの居酒屋の味をもっとじっくり確かめたいと思う。前は1時間ほどしかいなかったのでたくさんの種類食べられなかったけど今日は興味をひかれたものを全部頼もう。

頼みました。味を確認しました。そして、もうここはいいか…と。でもひさしぶりに外食して楽しかった。歩いて行って、歩いて帰った。片道10分ぐらい。こういう時のために自転車を買おうかなあ。

11月22日（火）

真鍮の丸い輪になってるフック。トイレを見たら、もうそこには曲がった木のタオル掛けが取りつけられていた。あら。そうだった。曲がっている木を見つけたので家を建てる時にそれを壁に取りつけてもらったんだった。

他にどこかいい場所は…と台所や仕事部屋などぐるぐる回って探したけどどこにもなかった。もうすでに必要な場所にはついている。

どうしよう。衝動買いだったか。

庭に出て、ガレージも見てみる。うーん。

ふと、玄関前の木の柱が目に入った。ここに取りつけて植物を、カニ草みたいなきれいなのを刈り取った時に、それをぶらさげたらよさそう。

で、さっそく取りつけて、カニ草を引っこ抜いてぶらさげてみたらいい感じ。

ついでにもう一方の柱にも使ってなかった鉄のフックを付けてみようか。鶏がデザインされた鉄のフック。

つけました。

そこには伸びすぎて剪定した蔓をぶらさげて…。こちらもいい感じだ。ヤッター。

午後、まよちゃんがくる。

実は、少し前に思いついて私の頭から離れなくなったあるアイデアを実行するためにひとり手伝ってくれるアシスタントが必要だと思った時に、私が白羽の矢を立てたのがこのまよちゃん。雨が降りそうな曇り空の下、自転車でやってきた。

Wi-Fiの設定がうまくできず、まあ今日はゆっくりやろうということであれこれ雑談。最後にとりあえず最初の1回目を録音してみた。これが無事にYouTubeにアップできたらそれからいろいろ考えたい。今まで私はiPhoneからアップしていたのでパソコンでできるかどうか。

結構降り出した雨の中を自転車で帰っていったまよちゃん。パソコンを守るためのビニールのゴミ袋を持参してきてた。

11月23日（水）

休日。曇り。

今日の夜はカレーを作ろうと思うので畑の人参を1本引き抜く。今年初の人参の収穫だ。わりときれいなのができていた。こういうふうに見た目がきれいなのも初めて。

去年はゴツゴツしたのしかできなかった。

洗って、少し食べてみる。甘い。甘くておいしい人参が初めてできた。とてもうれしい。

サッカーのワールドカップを見たらドイツに勝って、みんなうれしそう。

11月24日（木）

ひさしぶりに畑の作業。

葉っぱが茶色くなったのでじゃがいもを掘り出す。どれも小さい。けど集めたらけっこうたくさんになった。これも段ボールに入れて保存しとこう。春じゃがいももまだ残ってる。

昨日どうにかこうにかYouTubeにアップできた動画のコメントを読む。みなさん喜んでくれていて、気合が入る。なんか…、何かが、流れが生まれたような不思議な気持ち。

「そうだ。外食して飲んで帰る時のために自転車を買おう」と思い、近所の自転車屋さんへ行く。

いちばん安いのでいいんですが…と言ったら、いちばん安いのは鉄製で重くて錆びやすいですよと言われ、結局、ブリジストンのにした。そこにあった水色の。まあ、いいか。すぐに配達してもらった。

「短い時間でもカギは必ずかけてくださいね。カギをかけないと必ず盗られます。でもかけておけば絶対に盗られません」とのこと。

自転車、春になったら夕方の温泉に行くときに使おうかな。

11月25日（金）

竜王戦第5局。場所は福岡県にある宮地嶽（みやじだけ）神社。光の道って何だろうと思ってたら写真が紹介されていた。鳥居から海へと続くまっすぐな道に夕陽が射していた。

外は天気がいい。まぶしい光が部屋に満ちてる。私はコタツに入って将棋観戦。退屈になったら時々畑に出る。

夕方、封じ手の前に急いで温泉へ行って急いで帰る。間に合った。

11月26日（土）

夜早く眠ったら朝早く目が覚めた。もう今からは眠れないのでいろいろ考え事をしたり、こまごまとした作業をする。

8時に道の駅にグッズの補充へ。「今ある手ぬぐいが売り切れたら販売は終了しようと思っているので、売り場はもう今の場所でいいです」と駅長さんに伝える。

「はい。いいですよ」とのこと。よかった。来年の春ごろまでかな。

道の駅のグッズ販売は充分にやった。特に棚づくりは頑張った。おもしろかった。すごく売れたら続けたかもしれないけど、それほどでもなかったし。もし続けなきゃいけなくなったらそっちの方が苦しかったかもしれない。


いつも、そうなったら実は困る、ということはうまくいかないが、あとになってそれでよかったといつも思う。ということは、何に対してもいつかは、これでよかったと思える時が来るということなのだろう。


グッズからYouTubeに気持ちが向かってよかった〜。荒馬を飼いならしてるわ。

竜王戦二日目の続きを見る。


午後、まよちゃんと動画の録音。途中、おやつにケーキを食べながら。

将棋は広瀬(ひろせ)八段の勝ち。藤井竜王は三勝二敗に。

次は1週間後、鹿児島の指宿白水館(いぶすきはくすいかん)。行ったことのある旅館なので楽しみ。

にこやかな感想戦を見て安心した。おだやかなふたり。

11月27日（日）

特に何もすることのない日曜日。

電話したらOKだったので12時に髪をカットしに行く。今日は10分で終わった。

畑で少し作業して、家でゴロゴロ。特に何もしなかった。夕方は温泉。

昨日は人が多かったらしいけど今日は少ない。


サウナでミニママに聞いた話。

おととい、旦那(だんな)さんと少し離れたところの温泉に行こうと車を走らせていたら、コンビニの前にヒッチハイカーがいて「伊佐(いさ)」と書いた紙を持っていた。なんとなく気になって、途中まで一緒だから乗せていってあげようと車に乗せた。時刻は夕方。すると今日中に八代の道の駅まで行って、そこの無料宿泊所に泊る予定だと言う。

え？　八代に行くならこっちの方向じゃないよ。

話を聞くと、年は29歳。3年前に会社を辞めて300万円持って日本中をめぐる旅にでた。テントはなく、寝袋だけ。携帯もない。今は旅の最後で、お金は一銭もなく、これから静岡県にある家までヒッチハイクで帰るという。ボーッとしていて、空腹そう。とりあえず飴(あめ)をあげた。そして、予定を変更して引き返し、八代の道の駅まで送ってあげることにしたのだそう。ヒマだったし、と。

とても疲れているみたいで、車の中でも頭を後ろにのけぞらせて寝ている。道の駅についていて、お弁当を買ってあげて、少額だけどお金を持たせて、「これで家に連絡して迎えに来てもらった方がいいよ」と言ったたって。

へえ〜っと聞き入った。

「大丈夫かな」「でももう大人だし、自分で決めたことだし…」とそこにいたみんなで口々に感想を言いあった。

11月28日（月）

天気がよくて風が強い。

洗濯して、干し柿をチェック。柔らかくなってる。ううむ。柔らかすぎる。どうも私の苦手な味のような気がする。

コタツに入っていると風の音が聞こえる。強風だ。見上げると木の葉が飛んでいる。

でも陽射しは明るく強い。ポカポカだ。

今日も家で読書。のんびり過ごそう。昔のように。

11月29日（火）

棋王戦。伊藤五段との対局はとても楽しみ。

外は雨のち曇り。

午後、まよちゃんがきてYouTubeの録音。4回分、楽しく話す。最初の方は難しいことも話せるけどだんだん疲れてくるので最後の方は軽い雑談。でも何かの拍子に話したいことが出てくる時がある。

干し柿を1個食べてみた。

あれ？　なんかおいしい。嫌いじゃない。自分で作ると食品に対する疑いがないのでおいしいのかな。どうやって作ったかが分かるから。自分で育てるともっと疑いがないのでもっとおいしい。買ってきたものってそういえば信頼に限度がある。

11月30日（水）

11月も今日で終わりか…。明日（あした）の朝はすごい寒波が全国を襲うらしい。まさかまだ霜は降りないよね…と思いつつ、霜に弱いという春菊の葉を摘む。そして上に寒冷紗（かんれいしゃ）をかぶせる。

お昼。なんか料理を作るのが面倒。買いに行くか、食べに行こうか。前から一度行ってみたかったラーメン屋に行こうかな。

グーグルマップでラーメンの画像やメニュー、クチコミなどをじっくり見る。あっさり味の久留米(くるめ)とんこつで食べやすいって。量もそれほど多くなさそう。女性でも食べられる、スープまで全部飲み干せると書いてある。

行ってみようか。よし。

ラーメンにアタークック!!

時間を見計らって、12時を避けて1時に到着。中はスッキリとしていてまずまずの居心地。ひとり用のテーブルがあったのでそこに座る。となりの小上がりには談笑するおじいさん数名。前もって決めていた玉子とチャーシューがちょっと多い「ちょっ玉チャーシュー」(780円)にした。しばらくしたら来た。小ぶりの丼でいい感じ。スープは鶏(とり)ガラ出汁(だし)を強く感じる。サッパリしている。麺(めん)は細め。チャーシューは薄くて柔らか。なかなか食べやすい。でも玉子が、写真で見た時、やけにピキッと丸く張っているので私の好きな半熟ではなく固ゆでっぽいなあと思っていたら案の定そうで、黄身のまわりが緑色になるほどの固ゆでだった。これはちょっと…。そういえばクチコミにも「玉子はいらなかったかなあ」と同じ感想の人がいたことを思い出した。

半分ぐらいで満足したけど最後まで食べ切る。ゆで玉子の白身だけ半分残した。あっさりしているので苦しくならないし、わりとよかった。いつかまた来よう。その時はチャーシューだけがちょっと多い「ちょっとチャーシュー」で。

帰りにスーパーで買い物。鍋用アンコウがあったので春菊を入れてアンコウ鍋にしよう。

今日は読書の日にしようと思って手帳にもそう書いたけど、バタバタしていてなかなか読む気になれない。

で、ふるさと納税をやってみた。時間がかかって、途中挫折しそうになった。うう。でも頑張ってそこを乗り越えてどうにか4つ注文。いくらと数の子（お正月用）、牡蠣のむき身900グラム（オイル漬け用）、ブレンダー（持ってなかったから）。

明日は車の点検日。

顔にみえる温泉のマーク

12月1日（木）

今日から12月。変化が好きなのでうれしい。月が替わるだけでも新鮮な気分。

車の点検に行こうとして車に乗り込んだら、正面の空き地に何かがある。

あれは何だろう？

黒くて、上が白い。動いてる？　わずかに動いてる。まさかしげちゃん？　平日なのに。

で、近づいてみたらやはりそうだった。移動椅子に座ったしげちゃんだった。

少し話して、戻る。

セッセが作業していたので「今日はお休みなの？」と聞いたらそうなんだって。日光浴をさせてるそう。

「雲がでてきたからちょっと寒くなったね」

そういえば今日は全国的に寒い日だ。霜が降りるかと思ったけどそれほどは寒くない。

車に乗って、途中、用事を済ませながら先へ進む。お菓子屋さんでチョコレート、魚市場でお刺身などを買う。いつもここで大トロを買うの。見ると、「千葉産天然ハマグリの量り売り」というのがあって、1個1個がとても大きかった。8センチぐらい。天然じゃなさそう…と思ったけど、まあいいかと2個購入(700円)。
氷をもらってクーラーボックスへ。

点検と洗車をしてもらってるあいだパソコンを出して仕事をする。私はこのような場面で小一時間待つというのがすごく嫌なのでその間にやることを必ず持って行く。いつもは飽きるような仕事でも集中してやるしかないという状況に追い込むと、時間をつぶせるだけでなく有効活用できるのでうれしい。

温泉へ。炭酸鉱泉の「極楽温泉」。
やはりここは静かでいいなあ。大きな岩をくりぬいた浴槽がいい感じ。手前の石段に刻まれた滑り止めの線も好き。冷たい炭酸泉に入ったあとに露天風呂(ろてんぶろ)へ。曇り空に黄緑色の笹の葉が揺れる。温泉の色もそれに似たうぐいす色だ。なんだかすばらしい。

ゆったりとした気持ちになって、帰りに庭先輩のところに寄る。庭はすっかり晩秋の景色。茶色と黄色と黒の世界。薪(まき)ストーブが暖かかった。
お茶をいただきながらイヌビワとナンキンハゼのことを話す。

去年、庭にとても黄色く黄葉するきれいな木を見つけ、いつのまにか生えていた木だったけど、すごく大切にしていた。庭に2本あった。きれいな黄色。調べたらイヌビワという木だった。

その木が今、黄葉のまっさかりで輝くような黄色になっている。でも、実はその木は町中、山にも道にも、いたるところに生えているということがわかった。いたるところで同じように黄色くなっていたのでわかった。しかも5メートルぐらいの高さになるという。このまま庭に生やしていたらまた苦労することになるかも…。ショック。どうにか小さくしよう。

そしてふと、もうひとつの木を思い出した。それも鳥が種を運んできた木。その木はポプラみたいなハート形の葉で秋には緑から黄色、オレンジ、赤ととてもきれいに紅葉する。玄関わきのモッコウバラの花壇の中に生えてきて、あまりにもきれいなのでよく見えるように紐(ひも)で玄関の引き戸の方に誘引していたほどだった。裏庭にも小さいのが1本生えている。まさかそれも困ったことに？　と思って名前を調べてみたら、たぶんナンキンハゼという木で15メートルにもなる落葉高木だった。

どうしよう…。モッコウバラの花壇では無理かも…。でも紅葉がきれいだし…、と悩み中。

その話などをして楽しかった。

12月2日（金）

早朝4時前に起きてサッカー、スペイン戦を見る。コタツに入ってクッションに寝転んでぼんやりとあきらめ気分で見ていたら、後半に逆転したので思わずガバッと起き上がった。

そして今日は竜王戦第6局。指宿にて。

昨日、車の中で聞いていた動画で知って、今日から実験しようと思っていることがある。それはオートファジーを活性化させること。一日の食事を8時間以内におさめて、16時間消化器官を休ませるとオートファジーが体内の不要物を分解してくれる。すると免疫が上がるそう。

昼の12時から夜の8時までを食べてもいい時間としよう。ひとり暮らしで人づきあいがないとこういうことをすぐに実行できるのがいい。

寒いので、今年初めて薪ストーブを焚く。薪を取る時にモッコウバラの刺が指に刺さった。痛い。小さい小さい刺。針を使って辛抱強く、時間をかけて何度も試みて、どうにか抜いた。1・5ミリぐらいの長さだった。

午前11時。さっそく今は空腹だ。

空腹感を楽しもう。そう決めるとわりと楽しめるのが不思議。かえって生活にリズムがついていいかもしれない。


お昼を食べたらお腹いっぱい。

将棋のおやつの時間にあわせて私もシュークリームを食べる。

実はバラの刺がもう一カ所刺さっている。それはあまり痛くなかったので抜かなかったが、触ると痛い。気になる。小さな黒い点。頑張って抜くことにして、また針で突っつく。こちらも時間をかけてようやく抜いた。ふう。

12月3日（土）

竜王戦2日目。

外は曇り。うすら寒い。今日も午前中、薪ストーブを焚く。

畑を見に行ったらもぐらが盛大に動き回った様子。ドームを足でちょこちょこと踏む。

コタツに入って後ろのクッションに身をゆだねて将棋観戦。飽きたらまわりにある本や手帳やスマホに手を伸ばし、いっとき何か他のことをして、また将棋。
この状態になるともう一日中、このままお地蔵さんのように。

将棋は藤井竜王の勝利で防衛成功。とてもレベルの高い対局だったみたいで、解説の人が「棋譜を見ただけではわからない信じられないものを見た」と言っていた。また他の棋士は「武士の戦いで相手が自分に振り下ろした刀の刃がギリギリ、わずか数ミリ届かないことを早い段階で見切って切りつけたというような凄まじい勝負でした」みたいなことを言っていた。

夜、パソコンで作業していたら、突然変な音がし始めた。ブブーッと。大きく。パソコンの中から。恐ろしい！　まず電源を切ろう。怖い。

12月4日（日）

朝、こわごわパソコンの電源を入れてみた。音はどうか。

ブブーッ。

まだする。ああ…。また壊れたか。そろそろ寿命だと思っていたところ。キーボードの指でなぞるところの手前がパカッと外れてるし（セロハンテープを貼ってます）。

一応画面は正常に立ち上がった。そしてしばらくしたら音も消えた。でも、たぶん内部では具合が悪くなってるはず。あさってパソコンショップの方が教えに来てくれるのでついでに相談してみよう。

オートファジー活性化、一日で挫折。だって、今日は日曜日で、天気が悪く、何もすることがないのに、今から3時間もヒマだから。

午前中にゆっくり朝ごはんを食べて午後から何かしようと思っても、12時まで待ってお昼を食べてそれから活動となると自分の時間が制限されてしまう。

なのでもう朝ごはんを食べちゃった。今後、たまたま朝ごはんを抜いたとか、お昼を食べる時間がない時に、「そうだ。オートファジーを活性化するために16時間空けよう」というふうに活用しよう。たまにでいいって言ってたし。

ご飯を食べたら天気も回復してきた。畑に行ってモグラでボコボコになってる畝を整えよう。

すごいボコボコだった。

12月5日（月）

朝から曇り、そして雨。
畑に行ったらまたモグラの穴がたくさん。このところ動きが活発だわ。
大根を1本、引き抜く。大好きな大根と豚肉の煮物を作るため。お醬油（しょうゆ）味で甘めに作るのが好き。

雨なので読書をしようと思っているけど読み始めるとすぐに他のことを思いついてなかなか進まない。1ページも進まない。
今夜、サッカーを見るのが楽しみ。

12月6日（火）

パソコンの音はあれからもうしない。直ったのかな。

今日、パソコンショップのおじさんが来てくれて、YouTubeを手伝ってくれてるまよちゃんに動画編集の仕方をレクチャーしてもらう。

3時のつもりだったけど、どう行き違ったのか2時にいらした。最初にいろいろ説明をしていて、しばらくしたらまよちゃんも来たので一緒に聞く。そして、45分ぐらいたった頃には私はすっかり疲れてしまい、「今日はもうこれぐらいで」と。

「またいろいろ相談します」と言って、みんなでお茶とお菓子を食べて終了。動画編集の得意なヒマそうな人はいませんか？ とおじさんに聞いたら、いなかった。ガクリ。

まよちゃんはなんとなくはわかったみたいで、まあ、ゆっくりやっていこう。

夜が冷え込むようになった。

12月7日（水）

初霜が降りてる。

畑に向かったら、白く霜が葉を覆っていた。これで茶色く枯れてしまうのが出てくるなあ。空心菜がそうなっていた。綿花がまだ咲いているけどここまでかも。

昼間は天気がよくても気温は低い。冬になったんだ。

外の作業をあまりしたくないから今日は家でデータのバックアップとかの作業をしようかな。昨日、パソコンが壊れそうだから買い替えようと思うと言ったら、おじさんが、「買うのは壊れてからでいい。バックアップだけとっておいて」とアドバイスしてくれた。確かにそうだわ。

ぐずぐずしていたらどんどん時間が過ぎていく。面倒くさい作業はどうもやる気にならない。コタツにもぐり込んで、ちょこちょこと他のことを細かくし続ける。もう午前中は無理。午後、やろうか（やらなかった）。

そういえば、薪(まき)が少なくなったのでどうしよう…と考えていた。この冬の分ぐらいはありそうだけど…。

ネットで注文しようか。近場の熊本にある薪屋のＨＰを見ると、在庫なし、と書いてある。ふーん。アマゾンを見てみたら、信州のリンゴの木の薪というのがあったのでひと箱だけ注文した。なんとなく。リンゴの木ってことで。

前から欲しかった丸い油はねガードのことも思い出し、試しに注文してみた。油がはねる調理の時にフライパンをガードするもの。

12月8日（木）

棋王戦敗者復活戦、対局相手は羽生九段。楽しみな対局だ。見ながら家でゆっくり過ごす。ミニ色紙に絵を描いたりする。あいまに畑へ。大根の葉が大きく育っている。

将棋は藤井竜王が勝った。

12月9日（金）

今日は暖かい。ひさしぶりに畑の作業をしよう。じゃがいもを2本掘り、トマトを片づける。青いトマトがまだ生っていたので集める。イボ竹を抜いて、つる菜も支柱から外した。天気がよすぎて暑い。汗が出てくる。丸い聖護院（しょうごいん）大根を採る。豚肉と一緒に煮物にしよう。

私の声を聞いていると眠くなるらしい。

「静けさのほとり」でよくそう言われるので、だったら就寝前に聞くための、ぐっすり眠れる特別編をやろうかなと思いつく。その内容をここ数日ずっと考えていた。

そして、よし、今日書こうと決める。


書きました。

最初は静かな風景描写みたいなのがいいのかなあと思っていたけど、いざ書き始めたらいつものような私っぽい物語になってしまった。

冬の夜空に浮かぶ星々へ旅する話。

テーマはいつも同じ。

それを録音したらところどころつっかえてたどたどしくなってしまったけど撮り直すのが面倒なのでもういいやと思いそのままにする。

12月10日（土）

今日も快晴。

午前中は家で仕事。

昨日の朗読をアップした。同時に話したことで好きなところがあった。それはこの時季、秋以降、お風呂(ふろ)なんかで人々が会うたびに言う、「時がたつのが早い」についての話。

どの人も「ああもう10月、早いわね～」「あっという間」「もう11月、早いわね」「ついこのあいだ年が明けたと思ったらもう年末」「12月ももう終わる。時がたつのが早すぎる」…なんてことばかり。

私もたまにちらっと思うことはあるけど、それほどには思わない。なのでみんなが口々に言う時には私は口をつぐんでる。絶対に賛同はしないぞ、と思いながら。

だってみんな、時がたつのが早いっていう時、なんだか悲しそうなんだもん。虚しさっていうか。諦念っていうか。疎んじてるというか…。

それが嫌で私はいつも「うん」と言わない。

もし「時がたつのが早い」さんという人がいたら、私は「時がたつのが早い」さんの味方よ！　決して疎ましく思わない。一緒に遊ぼうって手を取るわ。

時がたつのは早くない。いつも同じよ。

12月11日（日）

昨日の夕方、インターホンが鳴ったので出てみたら宗教の勧誘だった。おじいさんとおばあさん。断ったらゆっくりと去って行かれた。

うう一む。あの人たちはその宗教を信じていて、こうやって信者を増やすことが正しいことだと思って一生懸命にやっているんだろうなあ。それぞれに信じるもののために生きましょう。

さて、今日、ガレージに行ったらバサバサと音がした。ちょうちょやトンボよりも大きい音。見ると、窓枠にいたのは小さいメジロだった。

あら！

カメラを取りに行って戻ってくると、入り口の扉を開けておいたのに逃げずにまだじっとしている。2〜3枚撮ってから窓を開けてじっと見ていたら、やがて外に飛び出して行った。小さかったから子供かなあ。あれぐらいの大きさなのかなあ。

大根を1本分、3センチぐらいに切って切り干し大根に。網に入れて干したら、午前中は晴れていたのに曇ってきた。

今日はパソコンで細かい作業をあれこれ。時間がかかるわりにはなかなか進まない。

動画で紹介されていた段ボールストッカーがよさそうだったので注文した。似たようなのがふたつあって、すんでのところで違う方を買うところだった。会社の名前がすごく似ていたのだ。よく見たら大きさが違ったので間違いに気づいてよかった。カートに入れてからの最終確認を怠らないようにしよう。

今まで段ボールをゴミ収集場に持って行く時は、ガレージにパーンと広げて、その上に一個ずつ積みあげて、紐(ひも)を底にぐいぐい通してと、とてもやりづらかった。ズルズル動いて。今度からはストッカーに入れたまま紐を結べて便利になる。

12月12日（月）

快晴。でも強風。

ヒマなので木づちを手に畑に見に行く。朝方は霜が降りていたけど今は太陽のひかりを浴びて葉が輝いている。

もぐらが盛り上げた土を木づちで叩く。けっこう力がいる。疲れた。

もう何度も霜が降りたので綿の花は終わりだな。このまま葉が枯れるまで置いてから家につるそう。

コタツの定位置にすわると南の窓から太陽のひかりがパーッと射してくる。今日はいちにち、読書でもしようかな。読みかけの本がたくさんあるので読むのが楽しみ。

12月13日（火）

来年の手帳を買うのをすっかり忘れていた。1月の予定を書き込みたいのに。すぐにネットで注文する。いつものマンスリー手帳。色とデザインを選ぶのが毎年の楽しみになっている。できるだけ今年と色が違うのを選ぶ。

今日の温泉は特別ぬるかった。天井が高いので浴場は全体的に寒い。そしてサウナ脇の水風呂は工事のせいで去年に続き、井戸水から水道水へ。なので切るような冷たさ。氷水のよう。3秒ぐらいしか浸かれないけどキリッと引き締まる。これも悪くない。

12月14日（水）

明け方、サッカー、アルゼンチン対クロアチア戦を見る。本田圭佑の解説がイキイキしているので楽しい。

ふるさと納税の返礼品などが次々と届く。ハンディブレンダー、いくら、牡蠣、ミョウバンに漬けてない瓶詰のウニ。いくらはお正月に食べよう。ウニを食べてみたら、う〜ん、癖のある味だ。不思議なほど焦げたような味。これは、どうにかできないか。調べたら塩をふって寝かせるといいと書いてあったのでそうやってみた。どうだろう。海苔にごはんとウニをのせて巻いて食べる。うーん。うーん。まあ、こういう味だと思おう。

先月からYouTubeで勢いよく始めた心と言葉に関するチャンネル。画像編集のやり方がよくわからず、ここにきていきなりの脱力。しゅる〜（笑）。まあ、マイペースでできる範囲でやっていこう。

ウィルス学者の宮沢孝幸（みやざわたかゆき）先生とジャーナリストの我那覇（がなは）さんの対談がおもしろかった。4時間弱もあったので3回に分けて見た。

最近切り抜きのまとめ動画がたくさんあって、興味を覚えて見始めると、最新の意見を聞きたいのに内容が数年前のものだったりしてガックリ。当たり外れがある。

今日も温泉がぬるい。見るとお湯が少ししかでてない。受付のアケミちゃんにSOSを叫ぶ客。近頃お湯の量が少ないので男風呂と女風呂、交互に出してるんだって。

海外のシャンパンでなく地元の焼酎（しょうちゅう）に切り替えたくて最近買ってみたライチの香りの芋焼酎（いもじょうちゅう）。ううむ。焼酎好きになるか。どうか。なりたいが。まだそのよさがいまいちわからない。

12月15日（木）

今朝も4時からサッカーの試合。フランス対モロッコ。今日の解説は本田じゃなかった…。驚くほどおもしろく感じられない。私はあの解説がおもしろかったんだなあ。18日夜の決勝戦が楽しみ。

いつものガソリンスタンドに電話して灯油の配達をお願いした。すると電話を受けた女性は場所がよくわからなかったようで折り返しおじさんから確認の電話が来た。私ですよ。

無事におじさんが来て、灯油をポリ容器に入れて何度か往復してボイラーのタンクに入れてくれた。天気は快晴。風の強さの話をして、陽だまりでお金を渡す。「またお願いしま〜す」と見送り、郵便受けを見ると何か来てる。開けて見ると手帳だった。でも、なんだか小さい…。

おお。間違えた。いつものはB6。これはA6。こんなに小さいとスケジュールを1日分の枠の中に書けないかも…。悲しい。でもしょうがないので2023年はこの小さい手帳を使ってみよう。それに、もしかするとこの大きさでもいいのかも。変化の時なのかもしれない。見上げると青空。雲一つない。天気よし！

注文していたお気に入りの焼きそばが届いたのでキャベツを畑に採りに行く。まだ丸く巻いていない。大きさも小さい。でもキャベツの味はするだろうから、きれいそうな葉っぱを数枚、切り取った。虫食いでも平気。もう慣れた。

外に出ている時に時々思うこと、「今ここで気が狂ったらどうしよう」。

数秒後、「大丈夫だった」とホッとする。

12月16日（金）

いちじくの剪定（せんてい）の動画を目にして、「ハッ！　最近、いちじくのことを考えていなかった。剪定、誘引をしよう！」と畑に飛び出した。

地面に道具をいろいろ並べる。まずよけいな枝を切って、紐をかけてどの位置に誘引するかよく考える。作業をしていたら、トレーナーの中、右腕のあたりがチクチクした。何かが動いてるみたい。

キャアー、なに？　虫？

恐る恐る袖口（そでぐち）をまくり上げる。片手なのでうまくできない。何か、緑色のものが見える。クツワムシ？　いや、葉っぱの先みたいだった。

ホッとして作業を続ける。するとまたチクチク、ゴソゴソ。

キャア〜！

やっぱり虫かも！　生きているもの？　怖い。すぐにトレーナーを脱ぎ捨てたい欲求を抑えて、道路を大急ぎで横切り、家に急ぐ。玄関の戸を開けて、閉めて、すぐにトレーナーを脱ぎ捨てた。

バサーッ！

ハアハア。

近づいて見ると、それは長さ15センチほどの草の葉っぱだった。やっぱそうだったのか…。虫かと思った。

笑って、また着る。

畑の2本が終わったので次は庭の方。こちらは少し大きい。日本いちじく。勢いよくバサッバサッと剪定して紐(ひも)で3方に枝を広げる。はたしていくつ実が生(な)るか。

カーカからライン。あ、今日は誕生日だって。そうだった。いつも忘れる。「30年も生きたんだね、すごいね～」と返事する。そしたら、「そう考えるとすばらしい」だって。

12月17日(土)

小雨が降っている。どうりで夜中、音がしてた。

道の駅に品物を補充に行く。最近はあまり動きがないので週に1回行くかどうか。冬はお客さんも少ないみたい。来年の春までにしたので気が楽。

ついでに声の小さいパン屋さんへ。

レジにいたのは声の小さい人ではなくそのお父さんだった。ピーナッツバターフレンチとハード食パンを買おうと思っていたけど、そのどちらもなかった。ガクリ。どうしよう。バゲットだけをトレイにのせる。

途中でお父さんから入れ替わったみたいでレジにいたのは声の小さい人だった。レジ横に玄米食パンを発見。ミニママが玄米食パンがおいしいと言ってたことを思い出し、それもトレイに追加する。

料金を支払ったら、声の小さい人がトレイの横のパンを指して何か言ってる。でも小さすぎて聞こえなかった。もしかすると、売れ残ったパンを高校生とかにタダであげてるって前にだれかが言ってたが、そのパンかも。確かに、名前も値段も書いてない。食パンが2枚ずつくるまれてるのやクリームパンみたいなのがあった。

よく聞こえなかったので違ってたらどうしよう…と思いながら、このパンは何ですか？　とそのクリームパンみたいなのを指さした。

「これはジャムパンです」と言う。

ジャムパンか…。クリームパンだったら欲しかったけど…。こっちの食パンはどんな食パンだろう。甘くないハード系だったらいいけど、見た目、柔らかそう…。

結局、「これはサービスですか？」と聞けずに、もわもわと挨拶して出る。

帰りの車の中で、ずーっとそのことを考えた。あれはたぶんサービスだったのだろう。でもあの中にどうしても欲しいものはなかったし…、でももし欲しいものがあったら私は聞けたかな…、すごく欲しかったら聞いたかも…などとあれこれ。

家に帰って、コタツで読書や細かい作業。

あっというまに昼だ。外は変わらず小雨。

さっき録音した動画の内容が好きだったのでここにも書きたい。

私が将棋の棋士が好きな理由だ。棋士の方々の多くが聡明(そうめい)で品がある、と私は感じている。これほど頭がよくて品のある私好みの人たちがたくさん集まっている場所があったとは。こんなに人口密度の高い場所はあまりない。いいところを見つけた！と思って、いつも藤井竜王の将棋番組を見ている。解説、まわりの雰囲気、すべてを含めて静かに大好き。なにしろ対局中は何時間もだれも言葉を発しないというのもいい。

私は将棋番組を良質なデトックス、癒(いや)しの時間、それ以上の何か、と思いながらいつも観戦している。

ネットフリックスでハリー王子とメーガン妃のドキュメンタリーがあったので途中

まで見てみた。

ふうむ。どの人もそれぞれの立場の中で生きている。その人の身になったら、そりゃそうだろうなと思う。どの役でこの世を生きるか。役によって違うんだよね。役が違うだけなんだよね、と思う。

12月18日（日）

深夜、雪が降るという予報だったが。

外を見ると積もってはいない。細かい雨が降ってる。すごく寒そう…。

夜中に寝ながらなんだか揺れているなあと感じたけど、あれは地震だったみたい。宮崎が震源だった。マグニチュード4。


コタツでぼんやりしていたら窓の外でチラチラ白いものが。雪だ。

ほわ〜。今年の初雪。大きなぼたん雪。


ひさしぶりにセッセがしげちゃんとやってきた。玄関の電灯が壊れたのでその付け替えを頼んでいたのだ。セッセは電気の免許を持っているので。

夏に風邪をひいて以来、大事をとってしげちゃんとはあまり会わないようにしていた。

玄関灯は人感センサーが壊れていて昼間も前を通るたびに点いていたので困っていた。左右にふたつあって、壊れている方を新しいのに替えてもらった。

Ｍ－１を見ようと思ってひさしぶりにテレビをつけたら画面に番組表がなかなか出てこなかった。アンテナが壊れたのかと思った。番組はちゃんと見れたのでよかった。あまりに長いこと使わないと電気製品は調子が悪くなるんだ…。このテレビもだいぶ古い。新しいテレビに買い替えようと思っているけどなかなかきっかけがない。

優勝は毒舌のウエストランド。

私は今回のＭ－１を今後の試金石にしようと思っていた。テレビのお笑いをまだおもしろいと思うか、おもしろいと思わなくなってもう見なくてもいいか。

そして敗者復活戦からずっと見ていたけど、見ている途中に心ここにあらずになりやすく、ああ、もう見なくてもいいなあと思った。おもしろいと思うものが変わってきたんだ。

夜中の12時からはサッカー決勝戦。最後まで見たので寝たのは3時過ぎ。おもしろかった。

12月19日（月）

今日は棋王戦。相手は天彦九段。始まる前に用事をすます。コタツで見ながら、たまに本を読んだり畑を見に行ったり。外は寒い。ひんやりする。

この冬は読書三昧の予定。

本を読むのって文字を目で追って、意味をとり、本の中の世界を心の中に再構築するようなもの。その本の中の世界というお城をひとつ、頭の中にもう一度建てるようなものだ。柱を一本一本移すように読む。

私の中にお城がたくさん建っていく。お城からお城へ移動もできるし、繋げることもできる。読書は、見たり聞いたりするのとはまた違う独特な作用を引き起こすなあ。


外の濡れ縁の上にサクからもらった苔をのせたカメ。苔がカラカラに乾いて茶色くなってる。枯れているのかな。

お正月に帰ってくるから少しでも緑色になるように手入れしようと思い、水をかけて家の中に移動した。太陽のひかりが当たる場所に置いて、毎日水をかけている。どうにかいきいき感が出てくれればいいが。今のところ変化なし。


シャンパンやワインは瓶がすぐにたまるのでゴミ捨てが大変だと常々思っていた。やはり地元で作られている焼酎なんかを好きになりたい。前に一度、挑戦したことがあったけどあまり好きじゃなかった。でもでも、再トライだ。

地元の明石酒造の焼酎「えびのいそじ」というのをスーパーで見かけた。ラベルがかわいくて、感じがよく見えたので一升瓶を買ってみた。2200円。地元でできたコガネセンガンというさつま芋とヒノヒカリというお米と米麹（こめこうじ）でできているそう。それを今、水割りで飲んでみた。ふうむ。スッキリとした感じというのか。あまりよくわからないけど、だんだん焼酎になじみたいなあ。

12月20日（火）

晴れて冷え込んでいる。外の水鉢は凍っている。

灯油の減りが早いので床暖房の設定温度を低めに変更した。あまり暖かくしなくていいよ。

今日も読書だ。ウキウキする。

コタツの定位置で寝ころぶと、青空が見えます。


ハリー&メーガンを見終えた。自撮りの映像が多かったのでリアルでおもしろかった。メーガンが女優なのでどの瞬間も美しくきまっていて映画を見てるみたいだった。


夜。忘年会。まよちゃんたちと3人で近くの居酒屋へ。

スルメの天ぷらがおいしかった。あと自家製いちご酒というの。

12月21日（水）

雨がシトシト降っていて寒い。今日は一日中雨の予報。

新潟では大雪だという。ニュース映像をじっと見る。なじみの温泉の近くだ。


家の中にずっといる。しばらくはこんな感じだろうなあ。

ヒマにまかせてネットでよさそうな酒屋をチェック。まだ焼酎になじめないので、ついついお正月用にシャンパンと白ワインをまとめて10本注文してしまった。

クフッ。


読書の進みはごくゆっくり。亀の歩み。

明日(あした)は冬至。

12月22日（木）

先日、屋根裏にあるOMソーラーのモーターが壊れたので取り換えてもらったが、また同じ変な音がし始めたので見に来てもらった。すると今回は、3つあるモーターの内のふたつ目が壊れていた。20年たってそろそろ寿命なのだろう。応急処置をしてもらって部品を注文してもらう。さいごのひとつはどうしますか？　と聞かれたので、壊れてからにしますと答える。お歳暮にハムのセットをいただき、とてもうれしい。

前に、マイナンバーカードに保険証を紐づける作業をスマホでやろうとしたら、何度やってもエラーになってしまい、あきらめた。しばらく保留だ。

そしたら温泉で昨日、「役所の出張所でやってくれるよ」と聞いたので、さっそく買い物帰りに近くの出張所に寄ってみた。

空いていて、というか誰もいなくて、すぐにやってくれた。ああよかった。お礼を言ってドアから出る時にマスクをふたつつけていることに気づいて笑った。ひとつは口に、ひとつは耳にひっかけていた。

買い物というのは、今朝、「燃料がなくなる」という動画をたまたま見かけて、その流れで食料備蓄の動画を見たから。しばらく忘れていたわ。また思い出した。

春頃、そういえば備蓄用の食料を買ったなあ。缶詰はあまり好きじゃないと思いながら。鯖缶は特に好きじゃないので少なめに。シーチキンやオイルサーディン、つまみ缶、パスタなどを。

で、すっかり忘れていたところ、さっき見て、また思い出して、急に買い出しに。なんとも単純。本気で考えていない証拠だ。

シーチキン（食べちゃったので）と鯖缶2個と塩と砂糖を買った。気休め程度。
野菜は畑に、お米は籾（もみ）で物置小屋にある。

今日もうすら寒い。
午後は読書の予定（あまり進まなかった）。

ガレージに行ったらバサバサという大きな音。これは鳥の羽音だ！　このあいだのメジロと違って大きそう。どこだ？　いた！　体長が25センチぐらいの大きさだ。どこからでも飛び出せるように窓と引き戸とガレージの開口部を全開にする。なのに反対側の壁に飛んで行った。おお。そっちじゃないよ〜。
そしたら次に開口部から飛んで行った。よかった。

冷え込んできた。温泉の浴室もどこからか冷たい風が吹き込んできて寒かった。今日は冬至。湯船にゆずが浮かんでいる。いいねえ。でも去年に比べるとゆずの数が少ない。10分の1ぐらいに見えた。

12月23日（金）

朝起きて庭を見たら雪がうっすら積もっている。

わあ。

ダウン、マフラー、ふわふわ帽子を身につけて、さっそく畑を見に行く。全体的に3センチぐらい雪に覆われていた。ぼたん雪が空からしんしんと降ってくる。雪の下で野菜の葉っぱはどうなってるんだろう。チンゲン菜を触ったら凍ってなかった。前にバッハさんが通りがかりに私の畑を見て、「よくできてるね〜。肥しをあげてるの？」と聞いてきた。「もみ殻をまいてます…」と答えた。その時にまいていたので。そうか、あの時、肥料をあげてるかどうかを聞かれたんだ。肥料はあげてないです。

雪景色の畑の写真を撮って、家に戻る。

ダウンを脱いで、マフラーを外し…、あれ、帽子。帽子がない。ない。…ない。あわてて部屋から外へ、歩いた道をさかのぼって探す。

すると、畑に落ちてました。ポトンと。ピンク色の毛の帽子。脱げたことにも気づかないほど軽い。雪がうっすら積もってました。

今日は順位戦。9時半から中継番組が始まるので楽しみ。ドライカレーチャーハンでも作ろうかな。そうだ！　じゃがいもと生クリームでスープも作ろう。

外は雪で、ずっと家の中にいて、将棋を見てすごすしあわせな日。あったかいから帽子かぶったままでいよう。

順位戦の対局はとてもすごいものだった（らしい）。私にはそのすごさがよくわからないのが残念だ。でも最後まで見終えた。夜の12時を過ぎていた。

終局直後のインタビューで記者の方が「最年少で３００勝…」と何か聞いた時に、「あ、その話は感想戦のあとでいいですか？」とすかさず断っていた。藤井竜王が質問を遮るのは初めてなので、眠いながらも「うん？」と不思議に思った。

そして、あとでその理由が判明。

実は、藤井くんは今日で最年少での３００勝を達成していたのだが、まだ世間には発表されていない（録画対局の2局がこの後に放送される予定なのでその勝敗はまだ秘密）という状況だった。でもこの質問に答えたら未放送分の2局に勝っているということを知らせてしまうことになる。答えていいものかどうか、それでとっさにあのような返事をしたのだった。

12月24日（土）

今日も寒いけど昼になってだんだん晴れてきた。雪も溶けていく。寒さですぐに床暖房がついてしまうので設定温度をさらに低くした。

今日は特に何もすることがない。

ヒマだ、ヒマ。

動画をなんとなく見てて、またいい人をみつけた。インボイス制度のことを知ろうとして見てたんだけど、「どんぶり勘定事務所の〇〇です」と税理士のおじさんが素朴な話し方で一生懸命話していた。わかりやすくて、誠実そうで、事務所の名前もいい。

私には、いつも楽しみにしているYouTubeチャンネルがひとつだけある。その人が興味を持って提供してくれる情報が私の興味とかぶるし、その人の性格や考え方が好きだから。長く見続けられるチャンネルはめったにないので貴重だ。

アベマの将棋チャンネルで谷川（たにがわ）九段がうどんを食べているのを見て、私も急にうどんを食べたくなった。で、たしか備蓄品を入れてるタンスの引き出しに乾麺（かんめん）があったな…と思い出し、細めの乾麺「五島手延うどん」を取り出す。ふふふ。

袋を破いて、茹でる。7分。どんこの甘醬油煮と豚肉、油揚げ入りのうどんにした。

庭のゆずの皮も削って入れた。おいしかった。


午後。パソコンの動きを早くする設定というのを漫然と行ったあと、庭に出たら足の下でパキパキと音がする。なんだろう？

見ると、ああ、またこの季節か。

たくさんのセンダンの木の実が落ちてる。鳥が運んできたんだ。ダメもとで前に買った鳥よけの反射テープを木のあいだに張る。


畑に行って、人参、赤い大根、チンゲン菜、高菜を採ってくる。モグラの穴がまたたくさんできていた。こんな寒い時にも土の中を耕してくれてるなんてありがとう。


夕方、温泉へ。

サウナで焼酎について質問してみた。ミニママは「黒伊佐錦」のお湯割りが好きなのだそう。「明月プレミアム」がおいしいと水玉さん。

「いそじっていうのの一升瓶を買って飲んでるんだけど、みんなどうやってコップに注いでるの?」

「瓶でなんて買わないよ」

「あ、紙パックか!」

そうか。確かに。なんで瓶で買ってたんだろう。

で、さっそく帰りにスーパー兼ドラッグストアに寄って、黒伊佐錦と明月プレミアムの紙パックを買う。ついでにつまみの珍々豆(ちんちんまめ)でも買おうかな…と袋菓子に手を伸ばす。ふとまわりを見回すとお客さんがほとんどいない。静かだ。

そうか。今日は24日。クリスマスイブか。すっかり忘れていた。家族や友だちがいる時はなんかするけど人がいないと興味がない。

今の私は(ドライヤーが空いてなかったので)半乾きの髪をゴムで結んで、お風呂(ふろ)帰り専用のよく伸びて着やすい服を着て、ノーブラを隠すためのバスタオルを肩にかけてどの豆を買おうか考えている。人から見ると寂しいクリスマスかも。外に出るものではないな。でも人もいないから別にいいか。

家に帰って明月プレミアムを水割りで飲んでみる。サッパリとしている。なんだかだんだん好きになってきた…気がする。さよならシャンパン。よろしく焼酎。でも今10本、注文中。まあ、それぞれに。

12月25日（日）

今日も寒い。

家で「サントリー将棋オールスター東西対抗戦２０２２」をずっと見ていた。人気、実力のある棋士が12人もズラリと並んで壮観。最後のリレー将棋は藤井・豊島組対羽生・永瀬（ながせ）組。楽しかった。

豊島九段のまなざし。いつもは伏し目がちなのに、静かにヒタッと藤井くんの目を見たそのまなざしを見てううむと唸る。本当に「ヒタッ」としてた。

12月26日（月）

今日は快晴。空は青空。

雨も曇りも好きだけど晴れもいいなあと思う。

なので今日は畑で最後のじゃがいもと生姜と綿を採ろう。朝は霜が降りていたが昼の今は暖かい。

じゃがいもの葉は雪で萎れていた。最後の4つを掘り起こす。大きい赤いのと小さい黄色いの。生姜と里芋は最後のひとつ。

そして綿。白いふわふわの綿が長いこと畑にあった。綿は腐らないんだと知った。でもさすがに雪が降ったのでもう終わりだろう。枯れた葉っぱを落として、茎を地際で切る。硬かったのでノコギリで切った。

白い綿のついた枝はしばらくガレージで乾燥させて、それからどうしよう。リビングに下げようか。今は前に買ってきた綿が1本ぶら下がっている。

じゃがいもの小さいのと生姜を台所に持って行く。じゃがいもは蒸して食べよう。

生姜を洗ってよく見たら、2ヵ所、折れた跡があった。土の中にまだ残ってるのかも。気になったので熊手を片手に畑へ。

生姜があったあたりをふたたび掘り進んだら、すぐに何かが出てきた。最初に植えた生姜（ひね生姜）だ。2個あった。掘り返しに来てよかった。

3センチぐらいの小さいじゃがいも数個、セイロで蒸す。おいしかった。


シャンパンなど10本、届いた。

月は三日月。真っ黒い空に細い白。

12月27日（火）

今日もいい天気。

棋王戦の挑戦者決定戦があるので朝から準備してコタツで待つ。

昨日掘った里芋とジャガイモ、大根をセイロで蒸して朝ごはん。塩コショウをつけて食べる。

以前から欲しかったものがあって、昨日、注文した。

それは胸が小さく見えるブラ。よくあるブラジャーはパッドが入っていてただでさえボリュームのある体が大きく見えてとても嫌だった。で、胸が小さく見えるブラが発売されたというので、前に、確か2枚ほど購入した。でもそれは左右に硬い板みたいなのが入っていて痛かった。なので結局使わなかった。

最近、またそういうのを偶然発見した。胸つぶしブラと書いてある。前面が板のようになっていてナベシャツと書いてある。そこまでじゃなくてもいい。その他、スポーツブラっぽいのもあった。スポーツブラは普段使いには苦しいかもなあ。

さらに見ていたら、苦しくなくて、大きく見せないタイプのブラがたくさんあった。これ、これ。これ。これよ。でもどれがいいのかわからない。とりあえず失敗覚悟で3つ、注文した。楽しみ。


昨日スーパーに買い物に行ったら、「洗えるマスク3枚セット」というのがセール価格200円で売っていたので買った。ポリエステル製。

で、袋を開けてつけてみたら。変な匂いがする。うーん。これは何の匂いだろう。何かに似ている。何かを思い出す…。

しばらく考えてわかった。干ししいたけだ。

このままでは使えないと思って、さっき、石けんで洗って外に干しに出た。

庭をトコトコ歩いて洗濯物干し場に行くと、そこにピンチハンガーがなかった。そうだった。天気が悪かったから家の中で使ってたんだった。どうしよう。干す場所をきょろきょろ探す。ちょうど太陽のひかりが全面に当たってるライラックの木があった。おお。よさそうな枝ぶりを選んで3つ、干す。干すときに見たらもう小さな芽がでていた。冬に枝先をすこし剪定しようと思ってたけど、やめよう。振り向いてコブシの木を見上げたら、そこにもつぼみがついていた。これも花が咲いてから剪定することにしよう。空気はすごく寒いけど、木々はもう次の春の準備をしている。

先々週、灯油を入れにきてもらったのに、床暖房を気軽に使ってたらもう残り少なくなってしまった。なのでまた電話した。するとお昼ごろに来てくれた。ポリタンクに入れて3回ほど往復してもらうあいだ、私も隣について歩いていろいろしゃべった。この寒さで灯油の需要が一気に増えているそう。特にお年寄りの方を優先して配達していて、中には力のない方もいらっしゃるのでストーブに入れるところまでやってあげてるとのこと。話はガスや太陽光、自然災害に進み、50年前にここで起こった地震の話に。「あの時、小学1年生でした」とおじさん。

あら。

「私は2年生。はっきり覚えてる。ちょうど自習の時間でドリルを後ろに取りに行ったところだった」

「私は、今日はめずらしく雪が降って指が冷たいねと友だちと学校にひかれていた温泉に指をつけたところでした。家に帰ると藁ぶき屋根がひっくり返っていて、しばらく親戚の家に避難してました」

「私の家も斜めになって住めなくなったので新学期まで親戚の家にいました」と私。

「そろそろまた地震がきそうですけど、硫黄山が噴火してるのでガス抜きされているのかもって言われてますね」

あたたかい日差しのもと、ぽかぽか気分でお会計。今日の灯油代は10900円。

将棋を見ながら細かい仕事。

庭のゆず14個を採ってきて、皮は小さくそいで、果汁は絞って冷凍する。

さまざまな人が語る今後の未来予想を聞くと、たまにハッとして、早く準備をしなければと思うことがある。急がなければ。

大急ぎで、やることを頭で整理し、すぐに動く。またはこれからの予定を立てる。

12月28日(水)

畑に行ってふと綿があった場所を見た。もうないんだ、そうか。なんだかガランとして寂しい。あの30個ぐらいの白いふわふわのついた綿の木はかなりの存在感だったんだなあ。なくなって初めてわかるその力。でも今はガレージに干してるから、そのうち家の中に飾ろう。そして、いつかは綿を紡いで何か作ってもいいなあ。あったかいものを。

天気のいい日が続き、しばらくはのんびり。

12月29日（木）

今年最後の買い物へ。お餅（もち）やお肉、かまぼこなどを買う。

2階の手すりにコタツ布団と下に敷いていたマットを干して、布団たたきでポンポン叩（たた）く。白い綿ぼこりがすごい。ううむ。洗濯しようか迷ったけど、今日のところは干すだけでいいか。

郵便受けに胸を小さく見せるブラが2枚届いた！　うれしい。

バタバタと家に走って、着ていた服をポーンと脱いで、急いでつけてみる。

うーん。

ちょっと苦しい…。胴回りのサイズを小さく見積もりすぎたか。もっとゆったりとした苦しくないのを探したい。ナイトブラっていうのがいいかも。

やはり下着は通販では難しい。お店に行って実物をじっくり見てから買おう。試着までしなくてもせめてビニール越しにでも触ってみると感じがわかるだろう。超能力も（ないけど）使って、それがいいかどうか守護霊にも聞いてみよう。

12月30日（金）

家の掃除をして、薪（まき）を補充する。

去年おいしい自家製カラスミを作ったシェフが今年もカラスミ作ったとのこと。さっそく買いに行く。今年はボラの卵がすごく高かったのだそう。なにもかもが値上がりだね。

畑の紅芯（こうしん）大根をひとつ抜いて、くれた。私もあの0枚手ぬぐいを2枚あげる。

「いっぱい余ってんの」

今日も静かな年末。

読書でもしようかと思いつつ、なんやかやでなかなかそこまで行きつかない。

動画を見ていたら家田荘子（いえだしょうこ）さんのチャンネルを見つけ、さまざまなゲストがおもしろくつい集中して見てしまった。

そしたら次に林真理子（はやしまりこ）さんの読書案内のチャンネルも見つけ、こちらもまた興味深く次々と見てしまった。林真理子さんの話し方がおもしろい。ゆっくりぼんやりしているけど言葉を慎重に選びながら正確に話されていて惹(ひ)きつけられる。紹介されていた本にも興味を覚え、すぐに注文してしまった。印象的だったのは林さんが話の途中で口角を時々ニッと上げるところ。話し方教室の先生に「口角をあげて話しましょう」と教えられた生徒が一生懸命に実行しているみたいだった。

12月31日（土）

朝早く目が覚めた。「米軍が使っている2分でぐっすり眠れる方法」というのを発見し、それをやったらふたたびぐっすり寝ていた。

眠れないのはどこかが緊張しているせいで、人は力を抜くと眠くなるのだそう。それで思い出した。このあいだ福岡空港でマッサージをしてもらった時、最初は緊張しててはっきり起きていたのにいつの間にか眠っていた。あの時、途中から緊張が解けて力が抜けていたのだと思う。

そうか。これから夜中に目が覚めたら力を抜いてみよう。

その方法は、力が入っているかどうかは自分ではわからないから、まず最初に10秒ぐらい軽く力を入れてそれから脱力するのだそう。そのやり方、過去に無数に何かで読んだわ。

まず顔から始めて、だんだん下に降りていく。顔のところですでに寝入る人もいるそう。それから最後に何も考えずに、真っ暗な部屋でハンモックにゆられている姿か、静かな湖でカヌーに寝そべって空を眺めている姿を10秒間想像するのだそう。

いいね。私はハンモックにした。カヌーに寝そべるのは背中が痛そうだと思ったので。

今日は大晦日。

用事を済ませにコンビニへ。よく見かける店員さんがいたので年末の挨拶をする。

天気がいいので吹き抜けの手すりに毛布類をずらりと干す。明日、カーカたちが帰ってくるのでね。押し入れに入れていた布団は冷たくなっていた。

レモンを絞って、皮はレモンピール用に砂糖で煮る。初めての挑戦。

アベマで師弟トーナメントがあるのでちょこちょこ見よう。

掃除は昨日したし、今日はのんびり過ごそう。

胸を小さく見せるブラの最後の1枚が届いた。さっそく試着。

うーん。そうか。これは先日のほどは苦しくない。でもわかった、小さく見せるっていうのはつまりどこかを締めつけるってことなのでゆったり着やすいものではないんだ。どれも後ろのホックが4つもついていて止めるだけでひと苦労。

私が求めているのは、胸を大きくも小さくも見せない、締めつけない、脱ぎきしやすいブラ。

探求の旅は続く。熱心じゃないけど。数年に1回、ハッと思い出す程度だけど。


さて、今日で2022年は最後。

どんな年だったか。ふりかえるとあまり覚えてない。

そういうものなんだな。

アップダウン、ダウンダウンもあったけど起こったことはしかたがないと思うし。

来年からも、「コロナとその前後のいろいろ」という石が湖に広げた波紋の寄せ返しがどんどん起こるだろうけどそれも流れの中のこと。よく見とこう。

1月

2023年初日の出

2023年1月1日（日）

元旦。

このあたりは7時過ぎに初日の出だというので2階の窓から見ていたら、山に囲まれているのでなかなか太陽が見えない。雲がオレンジ色になって、それからその雲が黄色く千切れて、8時頃やっと山の上から光が！

あまりにも強すぎてまぶしい。

天気がよく、おだやかで青空。

畑から大根を採ってきたり、庭の小菊を摘んで花瓶に活けたり、お雑煮の出汁をとったりする。今日、カーカたちが帰ってくるからもう少ししたら空港に迎えに行かなくてはならない。

すると、「飛行機に間に合わないかも」とカーカからラインが。電車が着くのがギリギリだって。またか！　いつもいつもこうだった。思い出した。

ひとしきり、ラインであれこれアドバイスする。空港の係員にすぐに言ってね、って。

間に合ったそう。よかった…。

空港に迎えに行ったら駐車場が満杯。離れた場所にある臨時駐車場への地図を渡された。そこでしばらく車に乗って待つ。

飛行機が着いたそうなのでピックアップする。ふたりとも同じ飛行機。

家に着いてしばらくしたらセッセとしげちゃんが挨拶に来た。


夜。

ごはんを食べていたらなごちんから「明けましておめでとう」のライン。あら、ひさしぶり。私も3人の写真を撮って送る。

1月2日（月）

カーカの友だちが遊びにきてお昼まで、しばらく談笑。

そして午後、サクとカーカはふたりで都城にマンガを買いに行き、マンガと福袋を2つ買って帰宅。福袋を開封したら、残りものみたいなキーホルダーやぬいぐるみ、フィギュアの寄せ集めが入ってた。

夜またカーカの友だちが来て遅くまでおしゃべり。

台所で皿の上にドライ納豆を入れてつまみながら調理をしていた。その皿の置き場所が手前のフチの狭い場所だったのでついうっかり手が触れてしまい、皿が落ちた。あーあ、と思いながら皿が落ちるあいだ、どうしようもなく、しかたなく、落ちていく皿を見ていた。

割れるだろう。

ドライ納豆が回りに飛んでいく。

落ちた。割れた。皿の破片を拾ってビニール袋に入れる。納豆を拾い集めてゴミ箱に捨てる。ペーパータオルを濡らして一帯をくまなく拭く。最後に掃除機をかける。

1月3日（火）

今日は3人で霧島の温泉ホテルへ。

えびの高原を通って行く。

途中、白鳥神社に寄ったら、夫婦杉の片方が根元から倒れて逆さまになっていた。去年の台風で倒れたのだそう。「一カ月ほどは持ちこたえましたが…」と書いてある。あまりにもきれいに逆さまになっているので驚いた。根がブロッコリーみたいに空中に突き出ている。夫婦杉の片方だけがこんなふうに倒れるなんて不吉…と思う人がいるかもしれないね。私は自然現象としか思わないけど。

山の方へ進む時、ここから先はチェーンをつけるようにという看板があった。あわてて車を停めて、考える。確かに先月の雪の日はそうだったろう。でもあれから10日間ほど雪は降ってない。ずっと天気もいい。もう道路に雪はないのではないか。上から降りてくる車のタイヤを見ると、だれもチェーンを巻いている様子はない。太陽も燦燦(さんさん)と輝いてるし、大丈夫だろうと判断して先に進むことにした。

でも登るにつれて道の脇に残った雪がだんだん増えていった。車が通る部分には雪はないけど、日陰はまだ寒々しい。

大丈夫かな…と心配になった。ゆっくり行こう。

すると、うしろに車が来たので先に通す。しばらくしたらまた後ろに車が来たけど、道の脇には雪があるので路肩に寄れない。しかたなくゆっくり進む。そしたら、そのあとにパトカーが来た。

どうしよう。チェーンを巻いてないから怒られるかもと怖くなった。でも進む。ゆっくり。

私、車、パトカーと並んでゆっくりゆっくり進む。

しばらく登っていったら道が右にカーブしていて左に広い場所があったのでそこに車を寄せて後ろの車とパトカーを先に行かせた。

ああ、よかった。ホッとした。サクが運転を代わろうかというので代わってもらう。

えびの高原に着いた。道は大丈夫だった。ここが一番高いのでここからはだんだん低くなるからもう雪は心配ないだろう。

サクが散歩したいというので5分ほど車の中で待つ。

左右に温泉の蒸気がもくもくとあがる道を20分ほど下って霧島温泉へ。

大きなお土産ショップによることにした。駐車場はほぼ満杯。係の人に誘導されて空いた場所に停める。中に入ったらいろいろあってつい夢中になって次々とカゴに入れた。黒豚ハムやベーコン、お茶、お芋のお菓子。サクとカーカもなにやらいろいろカゴに入れてる。

会計していたら途中でレジのおばさんが「現金のみです」という。置いていたカードをあわてて引っ込めて、お財布の中の現金を数える。あるかな…。あった。よかった。

今どきカードが使えないとは。

ホテルにチェックイン。ファミリーの多そうな温泉ホテル。お正月なので混んでいた。夕食は5時半と8時の2回制というのは知っていた。当日チェックイン時に決めることになっているので早めに行って5時半にしようと思っていたら、チェックインが4時ごろになってしまい、すでに5時半の回はいっぱいだって。

ガックリ。

8時なんてもうお腹ペコペコかも。

8時の回の人には6時に「お凌ぎ」といって小さな食べ物を用意してくれるそう。

まずは温泉だ。

カーカと一緒に入る。サウナや岩盤浴、露天風呂など、いろいろな温泉がコンパクトにまとまっていた。ゆっくり入って、出たら5時半。

6時にお凌ぎを食べに行く。なんだろう。

それはミニ豚まんだった。私は2個、サクとカーカは3個食べてた。

お腹空いた…と思いながらまた部屋へ。2時間もある。

ベッドに寝転んでYouTubeを見たり、ウトウトしたりして2時間つぶした。ウトウトしながら、もう夕飯2回制のホテルになんか絶対に泊らない…と思った。

やっと8時になった。

ぼんやりしながらレストランへ。レストランの入り口にはホテルの部屋着を着て同じように腹をすかせているだろう客たちがたくさんウロウロしていた。

来た順番に部屋番号を告げて待つ。やっと呼ばれた。

席に着いたらテーブルがゆったりしていたので急に気分がよくなった。そこからは和気あいあいとシャンパンを飲みながらイタリアンのコース料理を食べる。

が、しばらくしたら斜め前のカウンターに座っていた女性が気分が悪くなった様子。テーブルに突っ伏している。従業員の方が来たり、車いすが持ち出されたりしたけどなぜかそのままそこに居続けている。気が気ではない。ビニール袋がゴソゴソ。シャンパンもまずくなる。ずいぶん長くそこにいて、やっとどこかへいかれた。消毒液をシュッシュッと周囲に吹きかけている。

食後は温泉に入る気にならず、仕事しようと思って持ってきたパソコンも開かず、すぐに就寝。

1月4日（水）

早朝。

朝ぶろに入って、露天風呂から朝日を眺めた。

なんとなく…、年が改まってまた気持ちが変化した気がする。私はここしばらく平凡にすごしてきた。毎日温泉に行って、あまり気持ちの変化のない日常を淡々と。

平凡すぎたかもしれぬ。

なんだか思考も凡庸になっていたかも。

これからはもっともっと個性的に頭と時間を使いたい。途中になっていた整理整頓。物や服を整理して、本を読んで、ストイックな日常に埋没して、のびのびと変わり者でいよう、と強く思う。


今日帰るカーカを空港に送る。途中、嘉例川駅という古い木造の感じのいい駅に寄った。前に一度来たことがある黒く古びて静かな駅だ。

空港へ向かう車の中で、なかなか子どもたちに会う機会がないので、なにか生きるアドバイスをしようと思った。今、ふたりに言いたいこと。

「とにかく自分の好きな、自分好みの暮らしができるようにね。自分なりの快適な毎日を過ごすのがいちばんいいよ」

みたいなことを言う。うんうんと聞いてたふたり。

大事なことはこれしかない。

1月5日（木）

サクは今日と明日(あした)の午前は家でリモートワーク。

私はこまごまとしたことをしてから夕方、ひさしぶりにいつもの温泉へ。観光のお客さんがたくさんいて脱衣かごが空いてなかったのでロッカーを使った。温泉の温度はちょうどよかった。

1月6日（金）

夜明けに思った。私が夜明けに思うことは大事なことだ。

サクが先日つぶやいていた言葉、「掃除しなきゃ」。

うちのクロゼットの引き出しをふたつ、引き出したまま閉めていないサク。「閉めてよ」と言ったけど、まだ閉めてないことを思い出す。そうか、サクはたぶん自分の部屋を散らかしっぱなしにしていて掃除していないのだろう。引き出しを閉めないほどだから、なにもかも開けっ放しで出しっぱなしなのだろう。掃除するように、言おう。

今日はどんよりとした曇り。このところずっと快晴だったのでめずらしい。

仕事の途中。

パソコンのキーボードを打つ手をとめて、私はふたたび思う。

変えよう。日々、考えることを。

もっと自分の世界に。

忘れていたわ。あの独自の気分。感覚。どんなだったか。とてもいい感じだったはず。


午後の予定。サクとヤマダ電機、ラーメン屋、日帰り温泉へ。

まずヤマダ電機でテレビを見る。新春セールで安くなってる。でもまだ踏ん切りがつかない。ふだん全然見ないから。なにかひとつ後押しがあればなあ。いつかピンと来た時にゆっくり買おう。新しいきれいなテレビ。

それからラーメン屋へ。三幸(さんこう)ラーメン。「ちょっとチャーシュー」を注文する。サクはそれと焼き飯の小。あっさりしたスープ。細麺(ほそめん)。

あれ？　このあいだよりも麺が柔らかい。今日のはちょっと柔らかすぎたなあ。近くにもうひとつ、とんこつラーメン屋さんがあるので、次はそっちに行ってみたい。

日帰り温泉は硫黄谷(いおうだに)温泉の霧島ホテル。巨大な空間にたくさんの浴槽があるところ。

車でブーッと進んでいたら途中の道が通行止めになっていたのでぐるっと回って行くことにしたらかなり遠くなってしまった。

でも3時から5時まで2時間もゆっくり入った。サクに感想を聞いたら木をくりぬいた長寿風呂(ふろ)っていうのが好きだったって。私も初めて入った時、そう思ったなあ。

いつかここに宿泊して、大きな浴場が女性専用なった時間にたっぷりと入りたい。

1月7日(土)

今日は薄曇り。風が強い。

しばらくずっといい天気だったから寒々しく感じる。

今日の夜に帰るサクに、昼間、ひとつ手伝ってもらう。私一人ではやりたくないけどずっとやりたかったこと。それは裏の道路の脇に溜(た)まった落ち葉と土を集めて畑に運ぶという作業。私が落ち葉を掃き集め、サクがスコップで土をすくう。台車で3回往復した。最初は寒かったけど最後には汗が出てきた。草やシダも取る。

落ち葉と土を畑に3カ所、カゴをヨイショと持ち上げて運んだ。かなり重かった。

夕方、いつも行くお店にチキン南蛮を食べに行く。変わらない甘酢とタルタルソース。帰りにチーズ饅頭(まんじゅう)を買う。

サクを空港に送る時、途中の集落の田んぼでオレンジ色の炎が上がっていた。

あ、どんど焼きだ！

どんど焼きが好きなサクはあと一泊して明日の朝帰ればよかったととても残念そう。

でも家の方では今日あるかどうか…。あとで聞いて教えるわ。

子どもの頃、竹が燃える大きな炎を見て、その炭でお餅（もち）を焼いたり焼肉したりしたね。


空港で降ろして、帰路につく。

ちょっと寂しい気持ち。

空には皓々（こうこう）と満月。こんなに明るいとは。あたり一帯が輝いてる。本当は月が自ら光を放っているのではないかと、確かめるように何度も見てしまった。


帰る前に近くの河原へ行ってみる。真っ暗。何もない。このあたりは今日はどんど焼きじゃなかったんだ。いったん河原に下りてUターンする。あまりにも真っ暗だったのでヘッドライトの明かりだけでは下りてきた道もすぐに見つからず、とても怖かった。

夜。家にずっとあったチョコを発見したので、溶かしてレモンピールとバナナチップをつけてみた。するとおいしそうなチョコがけができた！

1月8日（日）

今日と明日は王将戦のタイトル戦。とても注目の藤井竜王対羽生九段。楽しみだなあ。

早朝7時半、始まる前に道の駅に商品を補充しに行く。

10日ぶりに行ったらポストカードの棚がひとつ壊れて取れていた。取れた板が下にポツンと置いてある。

こういう時のために、ボンドやハサミ、両面テープなどの修理道具は常備している。強力ボンドでくっつけた。しばらく手で押さえる。大丈夫かな。大丈夫そう。いちおうテープも貼っておく。いつ壊れたんだろうなあ…。

ここでの商品販売は2月までと思っているので、残りあと2カ月弱。それまで棚が持ちますように…。それ以降は人にプレゼントしたりメルカリショップでコツコツ売って行こう。「0枚手ぬぐい」と名づけて。

それにしても…、0枚とは。

物産展でひとつも売れなかったなんてたぶん今までなかっただろう。全部売り切ろうね！　って励まし合ってがんばったって水玉さんがいってたしなあ。

物産展と相性が悪かったのかな。食べ物じゃないし。

なんか…私って出身地とか出身校に親和性がないなあ。過去にもたまに、思いついてやろうとしたことがあったんだけど空回りしてた感じ。確かに帰属意識がとっても薄いと昔から思っていたわ。

そんなことをしみじみと思いながら帰宅。

家に帰ってパソコンをつける。しばらく待っていたら将棋が始まった。藤井くんと羽生さん。じっくり見よう。手羽元の黒酢煮を作ったりしながら見よう。


途中、洗濯したり、手羽元の黒酢煮を作ったりしながら見ました。

あと、YouTubeをつらつら見ていたらゴミ屋敷・不用品回収の「イーブイ片付けチャンネル」が出てきたのでひさしぶりに見てみる。私はこういうお掃除チャンネルをたまに見るのが大好き。

今日のは10年間連絡を取ってなかった弟が急死して、その部屋を掃除してほしいという姉からの依頼。もとはきれい好きだったという弟の住む部屋は天井までゴミがびっしり。でもきれい好きだったというだけにお弁当の空き箱もきれいに洗ってあって匂いはないという。捨てるのがもったいなくて取っておいたというタイプらしい。

空間すべてが物で埋まっている部屋の片づけをたまに早送りしながら見て、私は本当に身につまされていた。

ふうー。

ゴミ屋敷掃除を見ると、なぜかいつもズシリと心にくるものがある。

片づけをしよう。そして、この弟さんの人生にも思いをはせてしまった。

午後6時。

羽生九段の封じ手。今日の対局は長考の多いじっくりじっくりした展開だった。

明日(あした)が楽しみ。

1月9日(月)

第1局は藤井王将の勝ちだった。

感想戦も見たけど、貴重なもの、尊いものを見ている気がした。

1月10日(火)

天気がいい。何しよう。

庭の作業や畑の仕事、やることはいろいろ、あるにはある。

今年はあまり外に出ないで家に籠(こも)ってじっくりと過ごしたい。

気分が沈んでも易きに流れないように。安易な気晴らしに逃げてはいけない。

世間に多く触れると気が沈むので、できるだけひとりでいよう。そして読書や考えごとをゆっくりしたい。


午後、庭の木の剪定(せんてい)をした。


今、世間を騒がせている暇空茜(ひまそらあかね)氏が「ニュースあさ8！」にゲスト出演して話しているのを聞いてちょっと感動した。

「自分はゲームとマンガのおかげで救われた人生だった。今、自分を救ってくれたものがピンチになっていて、その自分を数ってくれたもののために、自分がゲームとマンガから受け取ったものを使って戦いたい。ゲームとマンガっていう恩のあるものを守るために自分の今までの力はあったのかなと思う」

夜、夕食の用意をしていて、2度目にまた聞いて泣きそうになった。そしてそんなこんなに集中していたら、残った黒酢のタレで煮込んでいたじゃがいもが、おお、黒こげになってしまった！

1月11日（水）

今日は、ジャングル状態になっている祖母の廃屋をきれいに再生しているという兄弟の動画を見てやる気がでた。特に竹林の整備と木の抜根の回は思わず真剣に見てしまった。私も庭の作業をがんばろう。

1月12日（木）

まよちゃんと友人のナナちゃんと一緒に、占いのできるチョコレート屋さんまでドライブ。

占いをしてくれるのはパウロさん。料金は1000円。御高齢なのであまりよく言葉が聞き取れなかったけど、いろいろとおもしろかった。ミュージアムのアトラクションに入ったような不思議な時間だった。

それから都城市立図書館のカフェでお昼を食べてから、「フルーツの田中（たなか）」でケーキをテイクアウト。あれもこれもとたくさん買いすぎたか。

今日はあたたかくて車の中がすごく暑かった。しかもなぜか3人ともタートルネック。

私はずっと運転していたので緊張と相まって汗だく。

和気あいあいとおしゃべりしながら帰る。そして流れで明日のお昼に前から行きたかったカレーとマフィン屋さんに行くことになった。

あら。楽しみ。


夕方。ひさしぶりにいつもの温泉へ。

サウナの水風呂（みずぶろ）がすごく冷たい。ミニママと料理の話をする。私が鶏（とり）の黒酢煮を作った話をしたらお腹がグーッと鳴って、「明日絶対作ろう」と言っていた。

私が「手羽元と手羽先はわかるけどあともう一つの骨と骨のあいだにお肉があって食べやすい小さいあれは何だっけ？　次はそれと小ジャガイモの黒酢煮を作ろうと思って」と聞いたら、その時はわからなかったけど、家に帰って調べたらわかった。

手羽中。

手羽先

手羽中

手羽元

そして、ミニママが「このあいだ料理研究家のなんとかさんのレシピでお米からコトコト煮ておかゆを作ったらすごくおいしくて。冷凍もできるし、いいよ〜」という

のを聞いてイメージがすごく湧いた。おいしそう。

「作ってみる。去年漬けた梅干しと一緒に食べようかな」

1月13日（金）

今日から天気が崩れる。雨だ。本当にひさしぶりの雨。とても落ち着く。

お昼に昨日の3人でカレー屋さんでカレーを食べる。牛すじカレーとバターチキンカレーのあいがけにした。スパイスが効いていて汗が出てきた。帰りにレモンマフィンをひとつテイクアウト。

それから家に帰ってまよちゃんとYouTubeの録音。3本録って、お茶を飲む。だんだん慣れてきた。

温泉へ。水玉さんとアケミちゃんにできたての「顔バッグ」をあげる。ラインスタンプで生まれてユニクロのTシャツでも使ってる不思議な味わいの「顔」イラスト。ネットで注文したこのバッグ。段ボールで届いた時、わあいと思った次の瞬間、どうしてこんなのをこんなに作ったのだろう…と呆然（ぼうぜん）としてしまった。気分がよかったんだろう。

帰りの脱衣所で水玉さんが「今年になって静かになったね」というので、さすがと思う。最近、仕事をするために自分の世界に入り始めたので沈思黙考みたいな雰囲気になっているから。普通の人だったら、「元気がないね」とか「何かあったの?」と聞くところを、「静かになった」とはまさにその通り。

1月14日(土)

今日も雨。

夜中も雨の音がザーザー。そして気温は高い。19度の予報。

こんな雨の日は一日中家で漂う感じに過ごせるので気持ちがいい。水槽の中を泳ぐように過ごそうっと。


マイナスと思うような出来事。

これを、どういうとらえ方をしたらプラスにひっくりかえるか。


イカと里芋の煮つけを作りたい。イカを買いたい。どこかで見かけたら買おう。手羽中は昨日買った。今日、手羽中と小さいじゃがいもの黒酢煮を作る予定。

雨の一日、コトコト作ろう。

1月15日（日）

将棋の朝日杯を見ながらお昼に牡蠣グラタンを作る。昨日作ったホワイトソースが余っていたのでそれを使って。おいしくできた。

昨日は予定通り手羽中の黒酢煮を作ったけど味が濃すぎた。具が小さかったので染みこみすぎたのかも。

将棋はすごい熱戦。

気分転換ができなかったせいか夜はなんだかずっと気が沈んでいた。

1月16日（月）

大好きな苺のコップを割ってしまった…。悲しい。

ぽってりとした厚手のコップ。3つあって、そのうちのひとつ。

なぜ割れたかというと、木製のカッティングボードの上にちょこんと載せてシンクに運んでいく時、ボードを斜めにしてしまい、そのままスーッとすべって床に落ちたから。載せなければよかった…。後悔先に立たず。

ガッカリしながらカケラを拾って、床を拭いて、掃除機で吸い取る。棚の上に飾っていた2個目を洗って、次に待機させる。

今日は曇っていてグッと寒い。

朝方、庭を一周したけど早々に退散した。今日も家でじっと過ごそう。

1月17日（火）

今日は天気がいいので洗濯物を外に干せる。よかった。

いくつかの作業を終えて、お茶を飲みながらホッとする。

最近私が毎日、食い入るように眺めているものがある。それは「最高級ショコラ＆シャンパーニュ頒布会」のチラシ。毎月1回、12320円で極上ショコラひと箱と希少なシャンパンが1本届くというもの。

実は、その頒布会を去年の暮れに申し込んだのだけど、先日のレモンピールチョコを食べすぎてチョコに飽きてしまい、また、自分には高級すぎるかもしれないと思い始め、考えに考えた末にキャンセルしてしまった。

でも、そのチラシのチョコレートが素敵で、心残りもあって、毎日じーっと眺めている。隅から隅までながめては「ううむ」とため息とも唸り声ともつかない声を漏ら

す。これほどまでに熱心に見るとは…。もしまだ気持ちが続いていたら来年は申し込もうかなあ…。いや、おととしの毛布のようにしばらく思考から離れたらシューッと熱が冷めるかもしれない。

高い木の剪定の打ち合わせに造園屋さんに来てもらった。

カシの木、ヤマモモ、木蓮…、ひとつひとつ指さしながら相談する。陽が射さなくなって苔が生え始めた小道の上に伸びている枝も落としてもらいたい。せっかくクレーン車を出してもらうのでこの機会にまとめてやってもらおう。

そして今回の一番の決断。ネムの木を地際から切ってもらう。ネムの木はこのまま育てていくとどんどん大きくなるそうなので、将来を考えると、今の段階でそうした方がいいと判断した。北側の古いヒトツバの木も高くなった部分を落としてもらう。大掛かりな伐採は緊張するけど楽しみ。日当たりと風通しが変わると思うと。

最近よく作るサラダは、赤い大根と緑の大根とハムをキューブ状に切って、紫色のからし菜やレタスを散らして、オイルと塩コショウで和えるサラダ。色がとてもきれい。

20年にわたる時代背景を見るだけでもおもしろいよと人がいってたのを思い出し、ネットフリックスで「First Love 初恋」を見たら、4話目以降、ずっと泣きっぱなし。同じように過去と現在が行ったり来たりするライアン・ゴズリングの「ブルーバレンタイン」を思い出した。あれは悲しくてやるせない映画だった。

1月18日（水）

道の駅に行って商品を補充する。

寒くてお客さんもあまりいないみたい。バーコードを打ち出す機械のところに行ったら、どこかのおじさんが隣の機械で打ち出しているところで、「全然売れないね〜」とぼやいていらした。「寒いですからね〜」と答える。そうかみんなそうなんだ。

事務所のドアをノックして、駅長さんに「前に話しましたが、2月中に棚を撤収しようと思います」と伝える。

5月ぐらいまで続けようかな…とも思ったけど、補充やメンテナンスの労力を考えると、今年は仕事に集中したいし、だったらオフシーズンの2月に撤収作業をするのがいいと判断した。

伝えてスッキリ。昔、「すみません。バイト辞めさせてください」って言った時の気分に似ている。意外なトラブル続きだったのでホッと肩の荷がおりた感じ。


今日は順位戦の対局。またずっとコタツの中。

来週、すごい寒波が来るのだそう。

斜め前の大きな建材屋さんの使っていなかった倉庫が今、解体作業中。コンクリートの破砕等でご迷惑をかけますと業者さんから青色のタオルをいただいた。

建物は建てたあと、壊すのも大事。

私は何かを作ったら最後にきれいに後始末しなければという思いが強い。後始末が早すぎるかもしれない。


キャベツに青虫がまだいる。自分で育てた苗には特に。買ってきた苗には青虫が少ない。キャベツの種類が違うからか。

白菜は今年も小さいまま。巻くこともなかった。白菜は多くの養分が必要なんだって。いつかくるくると巻いたのができますように。

1月19日（木）

ヒマなので庭先輩の家に行く。水仙の咲く冬枯れの庭を見て、YouTube のためのインタビュー。楽しかった。

帰りに買い物。鶏肉、豚肉など。素朴なモンブランケーキも買った。

1月20日（金）

風が強い。

コタツに入って終日、こまごまとした作業。素朴なモンブランケーキを食べる。

明日からの将棋のために食材を買いに行く。イカと鮭を買った。イカと里芋の煮物を作る。

1月21日（土）

今日と明日は王将戦第2局。コタツでゴロゴロしながら見る。

そういえばチョコレートのこと忘れてた。どうしてだろうと考えたら、ここ2〜3日ほどチラシを目にしてない。どこだ？

本の下にあった。そうか。やはり、目にしないと忘れるものなのか。

これはいい教訓。忘れたいものは物理的に遠ざける。目や耳に入れない。

1月22日（日）

将棋二日目。いつもの定位置で見ながらぼんやり考える。

日々、外からインプットされるものがある。それらの小さなピースが加わるたびに、頭の中でチャカチャカと再構成。そのあいだは感情がさまざまに動く。再構成が終わると世界の見え方や価値が変わっている。それを毎日、自動的に繰り返しているようだ、私の頭は。なので今やってることに対する考え方や行動の変化が速いのは当然だろう。

将棋は羽生九段の勝ち。最後の投了近くの藤井王将の姿に、「焦ってる。悩んでる。苦しんでいる」とだれかがコメントしていた。ホントそんな感じに見えた。

映画でも見ようかなと探したら「アド・アトラス」という宇宙映画があった。主人公は脂っ気のない普通の男性だ。どことなくブラピに似ているなあと思いながら見ていたらブラピだった。

泥だらけで真っ黒になった絨毯(じゅうたん)をきれいに洗う動画が興味深く、3枚もじっと見てしまった。

1月23日(月)

今週はすごく寒いそうなので家に籠(こも)ろう。そのために買い物へ。

このあいだのイカと里芋の煮つけがおいしかったので今日はイカと大根の煮つけにしよう。「塩焼き」というシールが貼られた小ぶりのカンパチのかまがあったので気になってじっと見る。じーっと見ながらよくよく考えて、買った。

このスーパーの鮭の切り身が好きで、それを買うためだけに時々来ていた。それ以外はあまり、お店もしんみりしているので買うものはなかったけど、鮭のついでにイカを買ったらおいしかった。たくさんある商品のほとんどのものに触手が動かないけど、よ〜く見るとたまにひとつふたつ、おっ! というものがあることに気づいた。これはいい発見かもしれない。たまに覗(のぞ)こう。

温泉に行ったら受付のアケミちゃんに大きな八朔(はっさく)を8個ももらってうれしい。将棋を見ながらひとつひとつ剝(む)いてはちみつ漬けにしよう。

カンパチのかまの塩焼き、おいしかった。

1月24日（火）

数日前から有線放送で水道管破裂予防のアナウンスがたくさん流れていた。今日は最低気温がマイナス5度の予報だったけど曇っているせいか霜は降りてない様子。

今週は家でずっと仕事。

先日もらった青色のタオルをビニール袋から出して畳み直す。

この色…、水色に近い青色だなあ。運転免許証の写真（首の空中浮遊）に使えるかも…と考えてから、ハッとして、ハハッと笑った。5年ごとの免許証更新。次こそは！　なんていってるうちに免許返納を考える年齢になってるかも。

お昼ごろまでぐずぐずと逃避行動をしてて、お昼ごろやっとコタツに入って仕事を始める。今日のノルマと決めていた範囲まで（ゆるめの範囲にしといた）。

2時間ほどやってるあいだにふと窓の外を見たらいつのまにか雪がちらちら降り始め、また次に見たらけっこう激しくなってて、仕事が終わって見たら、うっすら積もってた。風の音もするし、窓からは冷気が押し寄せてくる。

わあ。寒波だ。ホントだ。これがしばらく続くというから…。

シャンパンでも飲もうかなあ～。なんかウキウキしてきた。

夜です。
雪も寒さも続いています。
しんしんしんと。
ふーむ。何かを考えるのによさそう。
私よ私、よく聞いて。
静かに静かに、心を澄まして。
よく考えて、よく考えて。
これからの計画。生き方。
どうする、どうする？
こうしよう。
1本の線が見えた。

1月25日（水）

朝起きて外を見た。
雪が積もってる。でも晴れていて陽が射してる。

外に出てみた。ザクザク。滑らないように。畑にも雪が積もってる。大根の葉っぱの緑色だけが雪の下からすこし覗く。川の方に歩いて行く。道路にも雪。白い道。

家に帰って、仕事。

そういえば…。あのチョコのチラシ、今はどう感じるだろう。本の下に畳んで入れて置いたのを取り出して見てみる。

このあいだまでの吸い込まれるような魅力がなくなってる！ 魔法がとけたんだ。

わーい。目が醒めるってこういうこと。恋から醒めるのもこういうことだろう。しばらくしたらまた見て確認しよう。

空気が冷たい中、温泉へ。

賑わっていたが、夕方に近づいてだんだん静かになった。

サウナでは水玉さんとふたりだった。それぞれに寝転んで、しばらく黙ってすごしたあと、私から話しかける。

私「最近ね。昔の友だちから10年ぶりぐらいに電話があったの。ずっと病気だったんだって。うつ病で、家から長く出てないんだって。電話の感じは変わりなかったけど、子どもの頃はとっても元気で気の強い人だったから、ちょっと驚いて、いろいろ考えてしまったの。人生っていろいろあるね」
水玉「あるよ～。ない人はいないよ」
私「長い人生…。そういえば、親しい人でも遠い人でも、病気で亡くなったり、音信不通になったり、自殺したりなんてときたま噂で聞くことあるね」
水玉「友だちの親戚が余命6カ月って言われたって電話が来た」
私「最近？」
水玉「うん。急に6カ月って言われても…って」
私「私…、退屈退屈ってよく思ってて、1日が長～いってよく思うんだけど、そういってる時が幸せなのかも」
水玉「そうだよ」
私「なかなかそう思えないけどね」
水玉「今が幸せなんだよ。私ね。元気な気持ちの時は、お金なんかあの世に持って行けないんだからパーッと旅行でもしようかなんて思うけど、違う気持ちの時は、今後のために貯金しとかなきゃって、急にしまり屋になったり…、いつも行ったり来たりしてるよ」
私「うん。そうだよね。パッと気が大きくなったりしゅんとしたりを繰り返して。それが普通だよね。退屈退屈って思うのは平和なしるしだね」

1月26日（木）

仕事週間なので今日の分の仕事を粛々と進める。

そうだそのあいだ薪(まき)ストーブで焼き芋を焼こう！と思い立ち、前に買ったストーブの中に入れる鉄の台を探す。そうしたら、整理整頓(せいとん)をしすぎてその台をどこにしまったのかわからなくなった。ありそうな場所になくて、外の物置小屋や駐車場などをクルクル3回も回ってしまった。それでも見つからない。悔しい。焼き芋を焼くために買ったのに。

うーん。しょうがないのでアルミホイルに包んで薪から遠い場所に置いた。うまくできますように。

畑に行ったらこのところキャベツとブロッコリーの葉が鳥についばまれてすごい。キーッ、と思い、苗を買ってきて植えたキャベツひとつだけ、鳥よけの網をかぶせた。それだけが大きく育っていたので。葉っぱが増えたらこれで焼きそばを作ろうと思ってる。種から育てたキャベツは小さいのでそのままで様子をみよう。

大きな失敗やトラブル、人との別離は人生が大きく変化する前兆です、って言ってる人がいた。ホントかな。大きな出来事や失敗があったから人生を変えたとも言えるよね。

焼き芋は、ひとつはよく焼けてて、3つはまだ焼けてない部分があったのでオーブンで焼きたす。

1月27日（金）

今は仕事週間で、つれづれノートの読み返しをしているが、そうか半年前はこんなことを考えてたのか、少し前にこんなことしてたなあとすでに懐かしい気分。すっかり忘れてることもあり、変化は速い。

お酒は飲んでるし、寝ながらスマホもしてるし、ヨガは新しいマットとポーズ集を買ったとたん意欲がパッタリ。

睡眠中の噛(か)みしめ対策にマウスピースを作ったけど最近はあんまりつけなくなった。だってあまり心地よくないから。

そんな昨日、噛みしめ対策のリンパケアの動画を見た。原因は主に顎(あご)の筋肉の緊張なので、耳たぶから顎にかけての筋肉を緩めるといいらしい。耳たぶを小さく回したり、口を開けたりするケア。なんだかよさそうと思い、一連の動きをやって寝てみた。すると今朝、5時半にスッと目が覚めた。息苦しさも顎の疲れもなかった。むむ。なんだか軽い。気のせいかもしれないが続けてみようと思った。

なにしろ舌根をあげることが大事らしい。舌の先が歯につかないぐらい奥に引っ込んでる状態が。そうすると噛みしめることもなく、呼吸も楽になり、いびきや無呼吸症候群にもいいとか。私はなんか、夜中に無呼吸になって苦しくて目が覚めてるような気がしているのだ。緊張を取るストレッチにはいろいろあるみたいなので試してみたい。

前にいびきラボというアプリでいびきを録音してた時期があったよね。泥棒に入られた夢を見て、「ろろぼ〜ろろぼ〜」と、回らぬ口で叫ぶ自分の声を聞いて、あまりにも怖くてそれ以来、録音はやめてしまったけど。

動画といえば、サムネイルの文句や写真で見る気をなくすものが多い。大げさな釣り文句、使用前・使用後の写真であきらかに露出と角度と表情を変えているなど。ストレッチや健康法で、内容は結構いいのにこれでは信頼がおけないと感じてしまう。なんでこれでいいと思うのかなあとセンスを疑う。いいのもあるのに残念。

1月28日（土）

王将戦第3局1日目。場所は金沢の東急ホテル。あそこか。泊ったことある。
市街地の様子が映ったが雪がたくさん積もってた。こちらも寒いよ。雪がちらちら。

この秋、ひとつ、すごく大きなさつま芋ができた。20センチぐらいでラグビーボール型。いつか食べないと…と思っていたところ、今日も薪ストーブを焚いたのでまた焼き芋にしてみよう。15個ぐらいに小分けしてアルミホイルで包んで、赤く燃える薪のまわりにぐるりと並べた。

今日は一日中寒い。将棋は長考の多いじっくりとした展開。
焼き芋の出来具合は、うーん、あまり上手にできなかった。薪ストーブで作るのはけっこう難しい。

1月29日（日）

今日も朝起きて、顎が疲れていない。食いしばった感じがない。いいかも。寝る前の顎まわりのストレッチ。

王将戦2日目。

始まる前に道の駅に補充。補充もあと1回かな。うれしい。

行く途中、道路にカラスが。うん？ 見ると猫（たぶん）が横たわってる。ああ。

帰りは別の道を通ろうか。

帰り。そのことを忘れていてまた道にカラスが。数が増えてる。そうだった。ここ。

早朝で車は少ない。対向車線に大きく迂回（うかい）して通り過ぎる。

AIとチャットするチャットGPTがおもしろいというので、私も将棋の途中、質問してみた。

「豪華客船で起こるミステリー小説でおすすめはありますか？」

アガサ・クリスティーの「恐怖の船」って答え。

え？ そんなのあった？ 間違いでは。「ナイルに死す」のことかしら…。

「美しい避暑地で起こるミステリー小説でおすすめはありますか？」

ジェームズ・ミッチェル作「デス・イン・ハワイ」だって。調べたけどなかった。

同じ質問を繰り返すと、そのたびに違った答え。「悪の夢」「死の嵐」「夏の謎」とはどんな本？ 日本語訳の問題か…。

質問が抽象的すぎたのかもしれない。今度は「アガサ・クリスティーの本で避暑地を舞台に起こるミステリー小説は？」と聞いてみた。

「死者の追憶」という小説が人気です。イングランド南部のブライトンを舞台に…と。調べてみたけど見当たらなかった。それよりも答えが出たとたんなぜかエラーになって画面が消えてしまうので、一瞬で覚えて書き写すのにスリル満点。いつも全部は覚えられない。こっちの方がミステリーだわ。


将棋は藤井王将の勝ち。これで2対1。

1月30日（月）

今日は天気がよく、寒さもゆるんでる。

畑で水菜と大根を採ってきて朝食。ミニ鶏水炊き。

ひきつづき仕事。始めるまで3時間もグズグズしてて、本を読んだり。コタツに寝転んだり。11時半にやっと、「よし。やるか」と起き上がる。

しばらくやって買い物へ。食料を買ってから、薪の着火剤がなくなっていたのを思い出し、それも買いに行く。

家に戻ったら、家の前の道路で何かやってる。見ると、1週間後にあるマラソン大会の出発ゲートの準備だった。ポールを試しに立てて手順の確認作業をしているみたい。挨拶(あいさつ)してひとことふたことしゃべってから、前の畑に野菜を採りに行く。こぼれた種が落ちた草の斜面から小松菜や、小松菜と大根が混ざったみたいな野菜がポツポツ生えているのでそれも時々食べている。次はもっと平らな場所にこぼそう。斜め前の倉庫の解体工事も進んでいる。見張りのおじちゃんとちょっと話す。今日は暖かいせいか人々がよく動いてる。あ、月曜日だからか。

夕方、温泉へ。よ〜くあったまった。

1月31日（火）

1月最後の日。すごくいい天気。こんな暖かさはひさしぶり。天気で気分も変わる。朝食に玉子かけご飯を作ったら大失敗。甘いしょう油をかけたつもりが間違えて焼きそばソースをかけてしまった。容器の大きさがそっくりだったから。トロリとかけている時に色と粘度の違いに気づいたけど遅かった。悲しい…。ソース味の玉子かけご飯。悔しいのでお醤油(しょうゆ)をちょっとだけ足した。

大好きな焼きそばソースが減ってしまったことも悲しい。

あのチョコのチラシ。また思い出したので引っぱり出して見てみた。どうかな。そうしたらチョコの様子をじっくりと見すぎて、またいいなあと思えてきた。今からでも申し込もうか…と思ったほど。

でも、引き続きじっと眺め、マイナス要素を思い出したので思いとどまる。マイナス要素とは、毎月コンスタントにずっと送られてくるということ、肩書がズラリと並ぶソムリエとワイン専門家の煌(きら)びやかな写真を見て感じた印象。

ガス屋さんのおじさんが来た。「覚えてますか?」と。前に定期的に点検に来られていたけど技術が進歩してその必要がなくなり、来なくなっていたおじさん。10年ごとに交換するという器具の交換に来たら何かの部品が足りなかったそうでまた後日だって。はーい。

畑で小松菜とネギを収穫。今日はミニすき焼きにしよう。

ターサイが鳥に食べられてボロボロになってる。うう。ここにもネットをかぶせよう。

今、畑にある野菜は小松菜、チンゲン菜、高菜、ねぎ、大根、人参、など。

温泉へ。

ぬるい方の湯船でストレッチ。

夕陽で明るく輝く磨りガラスを見上げる。手前には観葉植物。緑の葉っぱのギザギザ。

手のひらを合わせて上に伸ばす…。

私の1日は、基本的に退屈が多くを占め、たまにピカッといい気持ち。

退屈…、退屈…、退屈…、ピカッ。退屈…、退屈…、退屈…、ピカッ。1日のあいだに数回、ピカッがある。

ピカッは、外的要因と思考の流れの組み合わせで起こるようだ。

外的要因というのは、環境。光の具合、色の組み合わせ、温度、音、匂い、今起こっていること、人が見えたら、挨拶を交わしたその人の感じ、印象、など。

思考の流れというのは、今日ずっと考えていること。この瞬間、思っていること。

それの化学反応でピカッが起こる。

これが私の今の日常。

ではまた〜

退屈ピカリ

つれづれノート㊸

銀色夏生

令和5年 4月25日　初版発行

発行者●山下直久

発行●株式会社KADOKAWA
〒102-8177　東京都千代田区富士見2-13-3
電話　0570-002-301（ナビダイヤル）

角川文庫 23622

印刷所●株式会社暁印刷
製本所●本間製本株式会社

表紙画●和田三造

ISBN 978-4-04-113013-1　C0195

◇◇◇